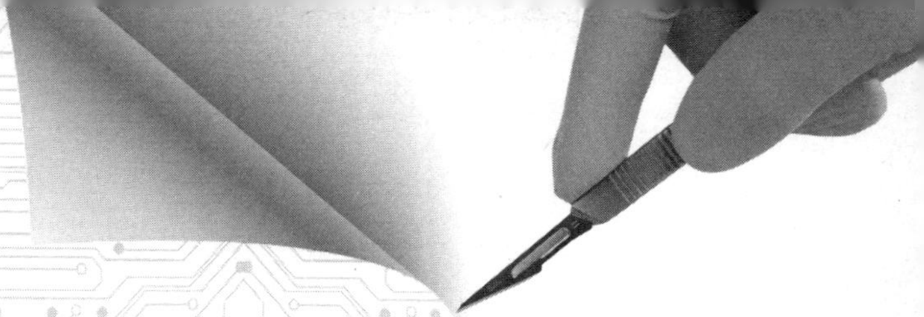

冒死记录

DEADLY RECORD

3

张海

江苏凤凰文艺出版社
JIANGSU PHOENIX LITERATURE AND ART PUBLISHING, LTD

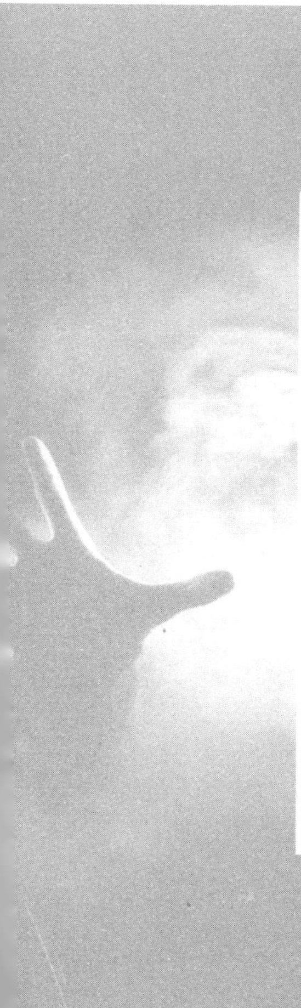

03 格局

庞怡巧是我最心爱的女人，尽管我从来没有对她表白过，但是我知道她也喜欢我。这个时候看到她，让我心中非常的高兴，什么枪林弹雨我都甩到九霄云外去了。我赶紧趴下来一点，对怡巧喊：“你怎么在这里，这里危险！”

目录 CONTENT

目录 CONTE

目录 CONTENT

一 动荡岁月

屋外嘈杂的吵闹声把我从梦中惊醒，我觉得不对劲，估计是87派又打过来了。我一个翻身从床上爬起来，这几天的战斗让我都是穿着衣服睡觉的。

我一下地把鞋蹬上，房门就被推开了，赵德民气喘吁吁地说："雅君，87派的人打过来了。快！"我不假思索地把放在床边的半自动步枪拿在手上，喊道："走！"和赵德民一起冲出了房间。

屋外面都是我们保守派的小虾兵跑来跑去，几个队长站在马路边上吼着："前进大队的全部去前门，红门大队的全部去后门守着！"

我是前进大队的，和赵德民端着枪就向前门跑去。

没跑几步，旁边不远处就爆炸了，应该是一个榴弹炮打了进来，正中了一个厂房。赵德民高叫一声：“龟儿子们用小炮了！”

厂子的前门就在不远处，枪声已经越来越密集，整个前门都好像被映红了。

几个战友正鲜血淋淋地躺在马路边上，两个女战士正跑来跑去地给他们包扎。

我猫着腰往前冲，头顶上子弹嗖嗖地划过。

副队长刘强看到我和赵德民跑过来，手一挥，喊道：“雅君、德民，你们上左边墙。”

战斗进行得异常激烈，双方都在拼命，我和赵德民都是很不错的狙击手，所以一上墙就干掉了几个 87 派的人。

我们这个厂是南海最大的一个兵工厂，专门造枪和子弹的。战斗开始之前，就被我们保守派的小虾兵占领当总部了，所以我们保守派有相当多而且精良的武器弹药，这让 87 派的人相当的羡慕。如果 87 派不把我们攻下来，南海战斗的胜利迟早是我们的。

不过这次 87 派敢直接来攻击我们，看来他们也是有准备的。那么密集的小钢炮落在院子里面，可能就是明证。而且今天上午副队长刘强还说，可能 87 派的人弄了南海军队里面的坦克过来，不过现在还没有见到踪影。他们这次会出动坦克吗？

我和赵德民又一猫腰，躲了起来，然后从自己的武装皮带上抠子弹下来给枪装上。

就听到台子下面有女声叫我名字，低头一看，心中一甜，是庞怡巧。庞怡巧是我最心爱的女人，尽管我从来没有对她表白过，但是我知道她也喜欢我。这个时候看到她，让我心中非常的高兴，什么枪林弹雨我都甩到九霄云外去了。我赶紧趴下来一点，对怡巧喊：

“你怎么在这里，这里危险！”

怡巧抬着头看着我，看得出来她眼神中的关心，但是她喊：“快下来换枪！”然后她又冲着赵德民几个狙击手喊着：“一个个下来。”

赵德民和其他几个家伙冲我一笑，他们都知道我特别喜欢庞怡巧，叫我先下去。

我也不客气，迅速爬起来猫着腰，从台子上面下来，一跳就跳到了怡巧的面前，差点站不住扎到她的怀里，闹得我俩都是大红脸。我心里还是甜蜜蜜的，红着脸看了看怡巧，怡巧的脸在黑夜中红扑扑的特别好看，她的大眼睛也是对着我眨啊眨的。我恨不得一把把她的脸捧过来亲上一口，但是我还是忍住了。我感觉到赵德民正在盯着我看，我不好意思起来，很轻地问怡巧：“枪呢？”

怡巧是个很干脆的姑娘，她尽管好像也很不好意思，但是很亲切地告诉我：“在树边上。”顺便一指。

我跑过去，把一支枪拿起来，好枪！这才是真正的狙击步枪，我听说很久了，一直心里痒痒的，今天才是第一次拿到手里。我并不知道这种枪叫什么名字，大家几个狙击手聊起这个枪的时候，给它起了个外号叫“黑炮”。这个“黑炮”的枪身上面架着一个细长的瞄准镜一样的东西，枪身很长，枪嘴处微微有一个环状的突起。

我拿起来，暗暗道了一声：“好枪。”

怡巧说：“子弹是通用的！”

我说：“好，我上去了。”

怡巧说：“好好干！”

我把剩下的几把枪都抱起来，我不打算让其他人下来了，跑开两步，又一回头，问：“你自己弄过来的？”

怡巧说：“只有我们女同志搬运了。”然后甜甜地冲我一笑。

我心中一热，手上的枪仿佛传过来怡巧的体温一般，我点点头，转身又爬上了台子。

我把枪递给赵德民和其他人，他们都憨憨地冲我傻乐，我骂道：“乐个鬼，我帮你们弄上来还不感谢我。”

这个“黑炮”真的很好用，子弹柔柔地塞入弹舱，我一拉枪栓，就立即感觉到这个枪的能量。

我用那个瞄准镜望了望，院子里很远的地方都看得很清楚，而且镜头中细细的黑色十字线也定位得非常准确。

“干他娘的！”我心中一乐！

我把枪举起来瞄准，就听到副队长刘强在下面吼道：“给我狠狠地打。”

我也不管他是不是冲我们说的，光凭着怡巧为我运枪的这个兴奋劲，我都要好好干。

我定了定神，镜头中的87派的人仿佛就在眼前一样，我锁定好目标，稳稳地扣动了扳机。一股强大的后坐力涌来，还让我觉得一下子并不适应，但是从镜头中望过去，那个被我瞄准的人已经重重地摔在地上，应该是打中了。

我喝了一声：“好！”87派这些该死的东西，让你们尝尝我的厉害！

有了“黑炮”，我们几个狙击手表现得非常出色，一时间打得87派的人都不敢露头了。

而87派好像也渐渐停止了攻击，整个厂子外面的枪声慢慢地稀稀拉拉了起来。

双方应该都进入休整的阶段。

我叫赵雅君，今年二十一岁，我的父亲叫赵清途，以前是南海最大的地主，而且留学过德国，接受过德式的军官培训，回国在国民党的军队里干了两年。因为进入抗日战争的末期，在抗日战争胜利后，被我爷爷用了不少关系从军队中调出来，回南海继承爷爷的家业，同时也在南海开办了一些工厂。应该说我们家当时在南海是声名显赫的家族。

后来我父亲还是被打倒了，我记忆中一群人冲进我家，把我家砸了个稀巴烂，当着我们的面把父亲五花大绑的抓走了。从此，我没有了父亲的消息。

我和母亲、姐姐赵雅玲、妹妹赵雅惠、弟弟赵雅仁被赶到了南海边上的一个靠近海的小山村，母亲也被挂上了地主婆的帽子。

我曾经失踪过一次，失踪了三天，但是我自己却并不知道这件事情。姐姐偷偷告诉我，我是在睡觉的时候突然不见了的，三天后又躺在家门口。但是我记忆中，我只是在睡觉，一睁眼就看到大家围着我哭，我还问大家怎么回事，才知道我不见了三天。

这个失踪并没有给我带来什么影响，只是从此以后，发生在我身上的事情就慢慢地有些古怪了。

有一次我家里不知道为什么着了大火，我抱着弟弟逃不出去，整个房间都是熊熊大火，眼看就要烧到我们了，我和弟弟的脚下却突然裂开一个大洞，让我和弟弟掉了下去。而且这个大洞还通到院墙外，让我俩逃过了一劫。但是大火烧完后，母亲和姐姐找这个大洞的时候，却怎么也找不到了，以为我和弟弟说胡话，但是我知道肯定是真的。还有刮台风的时候，我在屋外被一棵大树砸倒，眼看着磨盘一样大的一片屋顶就要砸在我头上，但是却突然被什么东西震开了，然后压着我的大树也莫名其妙地断成了两截。

在我失踪事件一年后没想到父亲突然回来。父亲并没有和我们解释他为什么回来，只是我们全家重新搬回到城里。父亲每次回来，身上都是一股子硝烟的味道，而且慢慢地，家里的条件也好了一点，有些民兵会送一些吃的过来。母亲也显得开心了很多，终于露出了笑容。我和姐姐、妹妹、弟弟才重新回到学校去上课。

后来我才知道，父亲坐了两年牢出来，戴罪立功，为军队做事，但是具体做什么我并不知道，到现在也都是个谜。

父亲被安排到南海的一个好像叫情报处的地方工作，早出晚归，经常见不到人。不过家里算是安定下来了。

姐姐和父亲母亲的争吵几乎从来没有停止过，姐姐数次出走，并且经常说她不是父亲和母亲的女儿，要和家里断绝关系。这最后好像真的成为事实，姐姐离开了家，再也不回来了。

我也步姐姐的后尘，开始越来越讨厌这个家庭，我甚至希望我是父亲母亲从野地里捡来的孤儿，或者是哪个贫农工人的儿子。

我这个“小地主”、坏孩子的帽子一直戴到了初中毕业。当时我十六岁，我姐姐十九岁，弟弟十四岁，妹妹十二岁。

红色的岁月紧接着就到来了。

二 禽兽的嘲笑

巨大的震动让我们这边的木台子也摇晃起来，87 派的枪声也一下子密集了起来，甚至超过了先前的任何一次，特别是我这边的几个狙击位上，子弹密集得根本无法抬头瞄准射击。

坦克轰隆隆的履带的声音和着炮响就靠近了右边被炸开的缺口，而我们的攻击也向这个缺口集中起来，一个巨大的铁疙瘩就从这个缺口处怪叫着冲了进来。坦克的射击在空中喷射出半米多长的火焰，突突突地不断扫射着，让我们这边的人根本无法靠近。

副队长刘强正在怒吼着顶住顶住，前门我们垒起的一层层的防守沙袋就被炸飞起来，而刘强也被气浪冲得一个踉跄摔倒在地。又一辆坦克就笔直地向前门冲了过来。

刘强挣扎着站起来，满脸是血，但他还是号叫着："撤退！撤退！"

我和赵德民从台子上跳下来，大家一片慌乱地向厂区里撤退着。

对坦克这种庞然大物，我们这些小米步枪只能给它挠痒痒而已。

坦克轰隆隆地冲了进来，对于这样的钢铁怪物，我们根本没有还手之力。

我们知道我们该往哪里撤退，第二道防线在工厂的二门。但是二门并没有围墙，几栋厂房就是二门的屏障，看来，巷战估计是不可避免的了。但是我知道，我们还有法宝，就是炸药包和无数的燃烧弹，等坦克陷入厂区，空间狭窄的时候，一定能够发挥作用。

等我和赵德民冲到二门，重新投入战斗的时候，前门已经完全被攻陷了。87 派的人三三两两地从前门和破损的围墙外冲进来，很快就消失在厂房的阴暗处。87 派的坦克并没有立即往二门这里开过来，而是三辆坦克一字散开地排在离二门这边七八十米远的地方。

看来 87 派的人也不敢妄动，如果深入到厂区里面，对他们一定没有任何好处。

双方短暂地对峙了一下，谁也没有开枪，只有一些角落里面传出一些零星的枪声。一时间，整个厂区安静极了，谁都大气不敢出，只是彼此瞄准着。

然后 87 派的人开始用高音喇叭喊话："保守派的人听着，交出林平文，大家还都是革命战友。顽抗到底等待你们的将是死路一条。"

很快，我们这边楼上的高音喇叭也吼叫了起来，气势比他们更大："87 派你们听着，你们尽快投降，还有悔过自新的机会。"

你来我往的好几轮，这种用大喇叭互相威胁和辩论，早就听得耳朵里面起茧了，只是彼此想用这招来打击一下对方的士气，以及为自己重新部署争取时间。

我用瞄准镜看到87派的几个女同志从前门中钻了进来，突然心中猛地想起一件事，我妹妹赵雅惠在哪里？她这两天受了严重的风寒，现在应该还在自己的宿舍里面，而她的宿舍，就在二门和前门之间。而87派攻进来得很快，妹妹不会还没有撤退吧？被87派的抓到可就糟糕了。

我看了一眼旁边的赵德民，他正全神贯注地瞄准着，我碰了他一下，焦急地说："德民，看到我妹妹了吗？"赵德民一惊，说："没有，天啊，你妹妹不会还在宿舍里吧？"

我把手一撑，就要起来。

赵德民把我拉住，说："危险，雅君！你这样去是找死！"

我又低下身来，说："那怎么办？"

赵德民说："你去后面问问怡巧她们，万一你妹妹也撤退下来了呢。"

我略一沉思，的确应该先去问问怡巧她们。

我猫着腰起来，小跑了几步，靠近了我们前进大队的队长王大主，说："王队长，我妹妹不知道撤下来没有。我去问问庞怡巧她们。"

王大主看了看我，立即说："快去快回！"

我应了一声，就往后面跑去。

雅惠的确没有撤退下来，我心中着急，跑回阵地和赵德民打了个招呼，就冲出去。有惊无险地摸到我妹妹的楼下，没想到赵德民这小子也跟了过来。我低低骂了他几句，内心还是一阵温暖。

对面的妹妹宿舍二层楼楼梯口站了几个 87 派的人。一个人看着还很眼熟。

我捅捅赵德民："那个楼梯口的高个很眼熟。"

赵德民"嗯"了一声，说："好像是万海涛，他一直是个流氓，怎么也加入 87 派了？"

我想起来了，这个家伙的确是个流氓，上学的时候就知道他经常和人打架，还到我们学校打过人。不过这家伙出身特别好，八代贫农，父亲还是烈士，所以嚣张得很。打砸抢是他最乐意干的事。

我问道："不会王山林也是 87 派的吧？"

赵德民说："有可能。"

王山林是南海很有名的流氓，典型的市井无赖，属于没事找事的那种，好像还因为故意伤人罪被判过刑，应该比我大个四五岁。大家都知道万海涛其实是王山林的小弟而已。

刚想到这里，就看到楼里面好像有人下来了，万海涛等守在楼门口的几个很恭敬似的让开。

从楼上下来三个人，后面一个人好像还在扎皮带。

赵德民马上说："就是王山林这孙子。"

打头的的确是王山林，这家伙属于看一眼就忘不掉的那种人，一脸凶相，还不时露出坏笑。

好像王山林和几个人叨咕了几句，这伙人就很迅速地跟着王山林跑开了。

我觉得不妙，和赵德民对视了一下，紧赶着几步，跑到了宿舍楼梯口，稍微打望了一下，两人就钻到了二楼。

二楼没有人，我俩迅速地接近了我妹妹的宿舍，宿舍的门是大开着的。

我一进门就觉得不对劲，借着外面的光，我一看屋里的情况，心就轰地沉了下去。

我妹妹满脸是血，衣服被撕得稀烂，半裸地躺在屋里面的方桌上面。

我手中的枪一下子掉在地上，低低地叫了两声："雅惠，雅惠。"

妹妹没有任何反应，我走上去两步，却怎么也走不动了，因为我能看到妹妹的眼睛还睁着，但是，我知道，她死了。我的眼睛一发黑，身子似乎也一软就要摔倒。

赵德民把我扶着，说："雅君，冷静点，冷静点。"

我低低地说："她死了，她被强奸了！她死了！她死了！"

然后我不知道怎么涌起一大股劲，甩开了赵德民，把地上的枪一抓，就要往外冲。

赵德民一个箭步就把我按倒在地上，我吼道："放开我，王山林，老子要杀了你！"

赵德民拼尽全身力气把我按在地上，但是他还是控制不住我，我发了疯一样要冲出去。

而这时，门口出现了一个身影，我抬头一看，居然是怡巧。

这倒让我一下子软了下来，怡巧往屋里走了两步，呆呆地看着我妹妹的尸体，用手把嘴一捂，哭出了声。

赵德民说："雅君，现在不是报仇的时候，你冷静，你冷静。求求你！"

怡巧看着我，我也看着她，她哽咽着说："雅君，先把雅惠收拾一下。"

我木然地从地上爬起来，满脸泪痕地爬到妹妹跟前，将妹妹的上衣整理好，又把床上的被单扯下来，把妹妹裸露的身体包扎了起来。妹妹的眼睛一直睁着，脖子上有一道明显的瘀青，似乎是被掐死的。

我正要把妹妹的眼睛合上，就听到赵德民吼了一声：“危险。”

然后就是一声枪响。我回过头一看，赵德民正把庞怡巧扑倒在地上，而门口站着的正是万海涛！

我“嗷”的一声就向万海涛扑过来，万海涛向我开了一枪，我右腿一麻，但是也什么都顾不上，将他扑倒在地。

我像个发怒的狮子双拳车轮一样向万海涛脸上砸去，没有几下他就不动了。

怡巧拉着赵德民站了起来，我扶着赵德民，赵德民的背上鲜血淋淋，应该是被击中了背部。

赵德民冲我说：“没事。我们快走。”

我回头望了一下我妹妹，把赵德民架着走出屋外。屋里升起了强烈的汽油味，万海涛居然是带着汽油来的，看来他是想毁尸灭迹。

刚走下楼，几把枪就指向了我们。迎面过来的就是王山林。我本来想立即冲过去和这个家伙拼命，但是身边的怡巧和赵德民让我忍住了。

只听王山林说：“保守派的居然敢过来打伏击？看你们是不想活了！”

我瞪着他一言不发。

王山林打量了一下怡巧，脸上露出了一阵让人恶心的坏笑：“呵呵，还有个这么俊俏的大姑娘啊。你们三个还真是有一套啊。”

然后走上来居然想摸怡巧的脸，旁边几个狗腿子也坏笑了起来。

我心中想老子和他们拼了,拼死一条命也不能让王山林摸到怡巧。

正当我要松开赵德民扑上去,怡巧已经一口痰吐向了王山林的脸。

王山林一闪没有闪过去，脸色大变，退后了几步，骂道：“臭婊子，找死。”然后扫了四周的几个人一眼，慢慢地说：“打死他们！”

话还没说完，头顶上几个照明弹就闪了起来，照得一片通明，同时几个巨大的喇叭就喊了起来：“所有人放下武器！我是陈景强！再说一遍，所有人放下武器！我是陈景强！再开一枪者以杀人罪论处！放下武器！”

王山林恨恨地盯着我和怡巧，说：“龟儿子，算你们好运！下次不要让我碰到！”

而这时，二楼腾地一下冒出了火焰，我妹妹的房间烧着了。

随后万海涛被一个人架了下来，万海涛鼻青脸肿地看了我一眼，对王山林说：“这小子，我认识，是那女的的哥。”

王山林居然哈哈一笑，对着我狰狞地嘲笑了一下，说：“小子，你来晚了。”

那几个小虾兵已经跑了过来，戴着红袖标，那袖标一看就知道是南海总部的，冲我们喊道：“统统放下武器！”

王山林首先把自己手中的枪一丢，说：“我们没开过枪。”

二楼的火光冲天，转眼这个木质的小楼就熊熊地燃烧了起来，我的妹妹就消失在这片大火中。

而我的仇恨，也如同这片大火一样，熊熊地燃烧了起来。

三 发觉自己有些怪异

这场战斗就没有什么结果地终止了，我们这边被打死了九十多人，伤了一百多人，而87派也是差不多。大家似乎谁也没有占到什么便宜，只是丢了那么多条人命，以及留下了被炸得千疮百孔的兵工厂。林平文书记在陈景强的保护下消失了，谁也不知道他去了哪里。

我、庞怡巧、赵德民都归队了。赵德民算是命大，子弹擦着肺部过去，将身体穿了一个洞，不过还是属于重伤，一直躺在医院里。怡巧负责照看他。我的腿上也中了一枪，不过还好只是皮肉伤而已。

而我则一直阴沉着脸，心中的仇恨无时无刻不让我胸膛想要爆炸，以至于怡巧每次看到我都觉得我很可怕。我想了一千种办法怎么才能宰掉王山林，但是都觉得可能杀不了他。而且，我在相当长的时间里没有碰到王山林他们那伙人。

随之而来的是抓杀人凶手，据说在战斗中杀了人的，打伤了人的，必须要接受惩罚。在那个时代，你最好不要一个人上街乱晃，也最好不要背着麻袋、提着大包或者推装着东西的板车上街，因为很可能被人立即揭发你背着的是死人或者在隐藏杀人罪行。一旦被抓到了，很可能百口莫辩，有些人的死就会推到你的头上来。

一些身份不是太好的，不是87派和保守派的，或者看过战斗热闹，可能也开过两枪的人就成了最终的一些替罪羊。

闹了一段时间，有些事情也就不了了之了，在战斗中死去的同志，被集中地埋在了两块不同的墓地。

赵德民在床上躺了三个月以后，才下床了，身体恢复得不错，就是在身体一侧留下了巨大的疤痕，那是子弹留给他的纪念。庞怡巧对我陌生了起来，她好像更喜欢和赵德民在一起。我知道我这几个月都是心情不好，也不搭理庞怡巧，就算见面了也是话不投机半句多，怡巧肯定是生我的气。赵德民受了怡巧几个月的照顾，每次看到怡巧都显得不好意思，倒是怡巧比赵德民大方，主动地和赵德民说话。而且，每次我们三个人碰见了，赵德民都是立即找个理由，留给我和怡巧单独在一起的机会。

我觉得怡巧看赵德民的眼神也不太对，她甚至有时候会对我莫名其妙地发脾气。我心里怀疑怡巧是不是喜欢上赵德民了，但是想起战斗的时候怡巧跟我说的那几句话，就觉得还是自己多心了。女孩子生气了就多赔赔礼，道道歉，也就过去了。又过了几个月，怡巧似乎心又回到我身上来了。我暗示过怡巧多次我喜欢她，但是她并不答话，只是冲着我很高兴地笑了笑，就把话题转到其他地方去了。

我终于和王山林直接碰到了一次，他似乎过得很是滋润和得意，大队的小虾兵对他前呼后拥的，万海涛那几个流氓也看着意气风发似的。

果然，在那次见到了王山林以后，王山林在南海的地位似乎也越来越高，好几次万人批斗大会，都看到王山林那帮流氓威风凛凛地站在陈景强旁边。王山林带着大家喊口号，我也不得不跟着一起喊，这让我心中憋着气，难受得要命。

弟弟赵雅仁听从号召，作为知青，去湖北一带下乡去了，从此再没有他的消息。母亲非常伤心，因为母亲一直以来都很心疼弟弟。而弟弟自从和姐姐一起揭发了父亲以后，性格也变得越来越坏，经常脸上挂着彩回家。而姐姐，早就离开家，据说去西北寻找她的理想去了。

而弟弟离开之后，王山林却成为批斗我父亲的主力，使得我的父亲也经受不住折磨，一个人孤独地死在牛棚中。

我肯定是个不幸的人，在父亲去世以后的一个月，我居然看到赵德民和庞怡巧偷偷地在一起，而且我看到怡巧笑得特别的甜，赵德民也很高兴。我没有去打扰他们，我靠在墙边，听着他们两个在角落里面调笑着说话。我恨极了，赵德民背叛了我！！怡巧也背叛了我！我嗓子里面低低地嘶吼着，很想冲出去把赵德民打一顿。但是我忍住了，眼泪再也忍不住，夺眶而出，魂不守舍地逃离了赵德民和庞怡巧打情骂俏的地方。

第二天，赵德民没事人一样地出现在我面前。我没有搭理他，赵德民觉得我有点古怪，不知好歹地跟着我问我是不是碰到什么事情了。

我一怒之下打了赵德民，赵德民没有还手，很快人围上来，把我拉开了，我不停地骂着我能够想到的一切脏话，包括说赵德民勾引我的女人庞怡巧。等我骂了个痛快之后，我才发现庞怡巧一直站在人群中，脸色铁青，她看到我发现了她，什么都没有说，掉头就跑开了。

我打架的恶果延续着，我在队里做了深刻检查，接受了全大队的批评。而且要深刻反省一个月，这一个月不能参加大队的任何活动，也不能工作，不能和大家一起吃饭，必须等大家吃完了才能吃。而大家看我的眼神也越来越怪。

曾经远远地看到怡巧，怡巧一看到我就跑开了。也看到过赵德民，他没有过来，我也不想过去。我被孤立了……开始有人窃窃私语，议论我的身份，投过来的也都是不怀好意的眼神。

可能不幸总是接二连三的，母亲因为父亲的死以及繁重的劳动，也跟着去了。

这连续的打击让我觉得精神都不太正常了，所以在埋葬了母亲之后，我大病了一场。

四 同类感应

这场病来得突然，去得也很突然。病了一周以后，几乎是瞬间，身体里一松，就觉得一下子好了。

除了被人监视的感觉回来了以外，我的身体的确也在变化着。

总觉得身体里有一些能量的燥热，不知道该如何释放，不过只要使劲干活，这种燥热就会退去。于是我只好每天一大早就起床跑步，围着我住的地方一圈一圈地跑，跑步是最有效的全身运动，也能够让我把这种能量发散出来。跑了一个多星期，我必须要越跑越快才行，不然就觉得难受。最后跑的速度之快，我都觉得有些吃惊，并且还不觉得累。

除了体力在增长之外，我身体上原本留下的一些伤疤，居然慢慢地在消失。我曾经干活的时候被尖锐的玻璃划伤过，伤口很深，但是只流了几滴血以后马上就止住了，第二天甚至只有一个小小的伤痕了，又过了两天，连伤痕都没有了。

同时，我觉得我的身手也逐渐地敏捷起来，总有蹦上墙头的冲动，刚开始还不能一下子扒上两三米高的围墙，过了一段时间，我一跳，手攀上墙头就能顺着翻越过去。不止如此，我还能像猴子一样从一棵树蹦到另一棵树，身上的劲好像都使不完。

病好了之后的一个多月，在队长一再的叮嘱下，我才终于重新归队。自然又见到了庞怡巧和赵德民他们，我稍微平静了点，也没有勇气再去又吵又闹的。只是不说话罢了。赵德民没话找话，我也没有搭理他，嘴里只是哼哼了几声。庞怡巧还是见了我就尽量躲开，每次她躲开，我的心里就一阵酸痛。

不过，我开始经常远远地看到赵德民和庞怡巧有说有笑地走在一起，尽管难受，却也无可奈何。只觉得活着真的没有什么意思。

而这几个月的时间，我除了身体越来越敏捷、力量越来越大以外，经常还被不断涌来的似曾相识的感觉包围着。就是在我做一件事情的时候，总是感觉到我曾经经历过，然后就停止在现在。这种感觉每天都有好几次，最多的一天有十几次，时间也是不等，有的时候觉得整整半天的事情我都经历过，有的时候觉得刚才开门的那一刻经历过。

还有一种变化，就是我总是莫名其妙地被吸引到一些人群聚集的地方，因为我觉得这群人里面好像有我的“同类”。是一种很亲切的感觉，好像有什么熟人在人群当中。不过我找过来找过去，却不能确定是谁。

这种感觉也在不断地提升着，逐渐发展到能够感觉到有“同类”在接近我，但是距离却无法判断，有时候会突然回身观察后面的人，让后面的人吓一大跳。不过，真正和某个人近距离在一起的时候，感觉却无法锁定在一个人的身上，好像距离一近，就被什么东西隔离了一样。

我发现，这个城市里面有许许多多我的“同类”，但是我并不能确定哪一个人就是我的“同类”，每个“同类”的能量感觉也不尽相同，如果非要形容，这种不同能量的感觉就好像一些声波，频率似乎是不同的。不过，我相信一般人没有判断这种声波的能力，而我却有。

我有时候会蹦出一个大胆的想法：我是不是不是人？

所以，我很小心，从来不和任何人讲我的这些感受，跑步和其他的锻炼也是尽可能地躲着人，并尽力地控制对“同类”的感觉，不要表现得很明显。

说是这么说，但是，我的不幸还是因为我的这些身体的变异来临了。

有一天我被队长请到房间，身边还有钱指导员和张指导员，这个阵势很不对劲。

是的，我被怀疑了，有人举报我行为异常，认为我在进行特务训练。这个时代里，我再解释也没有用了，有些事情你是无法辩解的。

很多人看到了我被人押着出来，并被关在一个漆黑的房间里。这个房间连灯都没有，又潮又臭。

人生的光亮已经在我的眼前完全消失了。

五　陈景强主任

因为我身体康复快，也不怕疼，所有两个月他们都没有撬开我的嘴，我坚决不承认。意志坚决到大队里的人都觉得是不是真的搞错了，所以，我终于被释放，但是并没有获得自由，而是让我去挑大粪。

每天很早就要起来，干到很晚才能把我负责的几个区域的大粪挑完，回来以后还不能休息，必须先向大队报到，汇报当天的思想状况，才能休息。简直枯燥到了极点，而我也只好在这种生活中尽量地寻找一些乐趣，几次都想结束自己这种毫无意义的生命，但是总找不到特别好的理由。

再次碰到赵德民时，我正在街角啃草根，看着一大堆小虾兵闹哄哄地正在往什么地方拥去。就听到很熟悉的声音叫我：“雅君！”

我一抬头，就看到赵德民站在我身边不远处。说实话我看到赵德民还是很高兴的，赶忙把手上的草根丢掉，站起来向赵德民走了过去。

不过赵德民后退了两步，这让我立即清醒了起来，第一，我现在身份不对；第二，赵德民似乎对我还有阴影。

我只好站着不动，搓了搓手，干笑着说道：“哦，德民啊。很久没见到你了。”

赵德民也微微笑了一下，说：“是啊，半年了吧。”

我说：“大家都还好吧。”

赵德民说：“还好。”

我说：“那就好。”

说到这，我不知道再说什么了，看着赵德民，既熟悉又陌生，既亲切又矛盾。而赵德民也好像不知道说什么了。

两人尴尬地站了一会，还是我先开口：“去哪？怎么这么巧？”

赵德民说：“跟着他们一起去五厂的，不知道怎么就找到你了。”

我说：“是挺巧的。”

赵德民眼神闪烁了一下，似乎欲言又止，但是他咽了咽口水，把话吞下去了，才说：“我先走了，有空再聊。”

我点点头，赵德民能够和我聊这么一会儿，也是很有勇气了。

赵德民从我身前走过，突然把手一伸，说：“保重。”

我也顺势把他的手一握，说：“谢了。”

但是在我接触到赵德民的手的时候，我突然“听”见赵德民说：“对不起，我和庞怡巧春节结婚。对不起，请原谅我。”而我确定赵德民并没有开口说话，但是我的确是听到了。

不过手短暂地一握，就立即松开了，赵德民头也不回地走了。

我呆呆地站了一会儿，看着自己的手，刚才我听见的是什么？赵德民并没有说话，但是我确定是赵德民要说的话，难道，是赵德民的想法？

我几乎是麻木地干完了今天的活，做了思想汇报之后，回到了自己的房间。

我父亲原来的大屋已经被没收了，母亲以前住的房子在母亲死后也被公家收回了，我现在住的地方是八十多年前的烂房子，除了人不响哪里都响，除了地不漏哪里都漏。

我静静地坐在烂床上，盯着自己的手看了很长时间。

然后笑了两声，就捂着脸哭了。

我受够了，我被人揭发，我挑大粪，我只是没有一个理由立即去死而已。现在，我变成了怪物，居然能够听到别人不愿说的话，而且，怡巧也永远不会回到我身边，我的朋友娶了她，有这些理由，足够了。我再也不想这样毫无希望地活下去。

我从房子里溜出来，翻过了两道围墙，顺手扯下了一些绳子。没有人能够发现我，我的动作很轻，很快。我打算跳水库，绑上几块大石头，让人们找不到我。我也不想让他们找到我的尸体。

我绕着路，从黑暗的角落钻出去，躲过不少巡街的小虾兵。跑到了离我这里最近的一个水库。那里有个路桥，下面水很深，我绑着石头跳下去一定马上就能死。

这个念头是如此的强烈，以至于当我把石头绑好之后都没有丝毫的犹豫。

我站在路桥边上，念叨了两句：“妈、爸，不肖的儿子来了。”就跳了下去。

冰冷的水迅速地把我包围了，我没有挣扎，任由石头把我向冰冷的水底拖去。

我一口水喝了进去，咕咚吐了几个气泡。我知道，我马上就会死了。

而这时，我眼前划过了一道黄色的光，好像什么东西从我面前游过，我最后的意识告诉我，是一个巨大的发着黄色光芒的鸭蛋。

而黄光越来越多，似乎我身边围绕着无数个这种发光的鸭蛋。

一种薄膜似的东西就向我的脸上罩了过来，而我又呛进去一口水，眼睛发黑，就昏了过去。

等我醒来的时候，看见的是一间看着很干净的病房，我则躺在软软的病床上，我立即挺身坐了起来，我身上的衣服也换成了干燥的病号服。我马上环顾了一下四周，我是不是死了？

而女护士的声音把我拉回了现实，是一个看着很漂亮的女护士，留着很常见的革命头，但是戴了一个很别致的护士帽，倒显得别有情调。

这个护士见我轰地坐起来，马上跑过来说：“赵雅君，你得救了。”

我紧张地说：“这是哪？”

那个护士说：“这是第三医院。”

的确，第三医院就在水库旁边。

我说：“谁救了我，为什么救我，我要死，我要死！！”

然后翻身就要下床。

护士把我按着，喊道：“别这样，是陈主任救了你。”

我一顿，问道：“哪个陈主任？”

护士看我平缓了些，说：“就是陈景强主任。”

陈景强这个名字我太熟悉了，南海的委员会的主任。战斗也是他制止的。一说出这个名字我倒也一下子不敢造次，没有挣扎着下地，只是不愿意躺着，光着脚坐在床上。

我问：“那陈主任呢？”

护士说：“应该马上回来。”

护士话刚说完，这间病房的门就被推开了，进门的就是陈景强书记。

我这么近距离地接触到这位首长还是第一次。

陈景强看上去四十多岁的年纪，看着很和气，微微有点发福，但是看起来还是非常的精干，左脸有条很长的伤痕，据说是和日本人拼命的时候被刺的。

这种英雄人物，出身又好，几乎挑不出任何毛病，南海的造反运动中稳稳地坐上了第一把交椅。

不过，这些都是道听途说的，我也不知道真假，不过我坚信这些都是真的。

陈景强看了看我，说道：“胡闹嘛！小伙子！”

六 他们是谁？

陈景强一说话，马上就让我老实下来，我很紧张地坐在床上，也不太敢看陈景强。

陈景强看我一下子老实了下来，呵呵笑了两声，就坐在病房里的椅子上，然后对那个女护士说："孙丽，你先出去吧。告诉小王，未经我的同意，任何人不准进来。"这个叫孙丽的护士怯怯地应了一声，看了我一眼，就转身出去了，并把房门关上了。

陈景强听到门一关上，就语重心长地对我说："你叫赵雅君吧，怎么这么想不开要自杀？"

我抬起头看了看陈景强，他很和气地看着我，倒让我觉得有些温暖，于是我说："首长，我实在，唉……"

陈景强很平静地和我谈了很多，他鼓励我活下去，并说他会帮助我。我除了没有说我自己那些诡异的身体情况和感觉以外，能说的都说了。我觉得，陈景强这个人是真心的在关心我，不管他出于什么目的。

陈景强坐了一会儿，看我吃了些东西以后，出去了，再没有回来。孙丽这个护士留下来看着我，她拉着我聊天，笑得很甜，让我心里逐渐地温暖了起来。这个叫孙丽的护士，还是非常善解人意的，她并没有问我为什么寻死这些我觉得很难受的话题，而是给我讲笑话和自己小时候的事情，聊到后来才知道，孙丽也是挺可怜的女孩子，从小就是孤儿，连父母长什么样子都不知道。

这让我对她有一种爱恋的感觉，也许是庞怡巧和赵德民的关系已经让我死心了，所以孙丽这个女孩子的声音和笑脸深深地印在了我的心中。劫后初生之后，见到了陈景强，而且又有孙丽陪伴着，让我觉得好像生活又有了希望。

应该是晚上十二点多的时候，病房门被推开了，进来的居然是王队长、钱指导员、张指导员几个。他们进来我本来还很紧张，但是他们对我却很客气，连张指导员看我的眼神也温和了起来，他们还给我带了一套衣服，让我换上之后就带我出院。

孙丽似乎有些不舍得，我也觉得还没有和她聊够，但是走是一定要走的。我把衣服换上以后，在门口和孙丽打了个招呼，就在王队长他们的陪同下出了院。

回去的路上才知道，陈景强找他们谈了话，担保我不是特务分子，让前进大队好好地对待我，不要让我掉队，并批评了王队长。这些话从王队长他们口中说出来，好像还很光荣一样。张指导员也是一路给我套近乎，说他后来一直觉得我肯定不是特务分子，钱指导员还嘻嘻哈哈地埋怨我为什么不再找他们谈谈。

我只能笑笑，马后炮的安慰方式谁都会。

我重新归队了，住的地方换成标准的单身宿舍，这还是很多和我同龄的未婚青年想都不敢想的待遇。队里还专门召开了大会给我平反，平反的理由念了整整一个小时，连我自己听着都面红耳赤的。还要求大家多多关心我，要求曾经对我不敬的人主动赔礼道歉。

于是接下来的几天，曾经打过我、骂过我的人就排着队向我讨好，一把鼻涕一把泪地说和我关系是多么多么的好，自己下手的时候是多么的不忍心，自己如何如何睡不着觉，听到我平反的消息是多么的激动和高兴等，让我耳朵都能听出茧子来。

我知道他们都是因为我是被陈景强担保的人，也就是说我和陈景强主任搭上了什么关系，尽管他们可能并不知道我是因为自杀才和陈景强第一次接触。但是越不清楚，他们就越是觉得我身份特殊，生怕我打报告给组织，让他们吃不了兜着走。

一下子从地狱到了天堂，我真不知道这到底是怎么了。躺在床上静静地回想白天那些人假惺惺的嘴脸，我感到深深的厌恶，人性难道是这么丑恶的吗？

不过，陈景强为什么要救我，为什么要担保我，对我来说是一个谜，我怎么想也想不通。我反复地回忆我和陈景强的对话，难道我的存在对他有什么特殊的意义吗？

这让我越发注意起我身体的特殊性来，以前，我觉得是个负担，现在我觉得它变成了我的一个护身符。我开始研究我的身体是怎么回事，甚至记录这些感觉。通过一段时间的大脑记忆，我发现我对“同类”的感应是一种杂乱无章的排序，并不是越靠近我的“同类”我越能感应到，也就是说，我感应到的“同类”也许不在身边，甚至也不一定是在我视线中出现的人。所以，当有明显的“同类”感应的时候，我也不会像以前一样到处去寻找，而是给这个感应比较强烈的“同类”打上标号，最后能够准确识别出来的有八个“同类”，我分别标注为百家姓里面的赵钱孙李周吴郑王。

“同类”并不会一直感应得到，对那八个“同类”而言，能够感应到他们也是断断续续的，有时候会突然出现但持续很短的时间，有时候又会一整天都能够感觉到这个“同类”。

而且，我还发现，当我靠近人群的时候，感觉会突然消失或者模糊起来，好像被什么东西隔断了一样。这种隔断感反倒给了我确定哪群人里面有我的“同类”。如果我感觉到二十个“同类”的存在，这个时候我一接近一群人，突然有一个或者两个“同类”的感觉消失了，那么，这群人里面很可能就有“同类”的存在。

不过在八个信号强烈、被我标注了赵钱孙李周吴郑王的“同类”，越来越成为我发现的重点之后，我会整天追踪这八个里面的某一个，寻找那种隔断感。

那种被监视的感觉当然也从来没有消失过，不过，我也把它归为了“同类”感应。仔细地对监视感进行记录，发现了监视我的“同类”有五个或者六个。但是监视我的“同类”我不能主动感应到他们，而是他们开始监视，我才能感应到，属于被动的模式。并且，被监视感不存在隔断，这和我主动感应到的“同类”有所区别。

最后，终于有一个“同类”让我基本确定了，就是让我标号为“周”的“同类”。这个同类不是别人，应该就是赵德民。

而让我确定赵德民就是标号为“周”的同类，是在赵德民和庞怡巧的婚礼上。

七　一个叫徐德有的人

我去参加赵德民和庞怡巧的婚礼，是因为孙丽。从第三医院出来，我对孙丽一直是念念不忘，忍了一个星期以后，我就抽空去了一趟第三医院，目标直指孙丽。

孙丽见我突然出现在她看护的病房门口，显得分外的高兴。我一直等到她忙完，才和她在医院中聊了一会儿。不知道为什么，我觉得孙丽特别的亲切和可爱，她比我小三岁，十六岁就在这个医院当护士了。因为第三医院是伤残民兵的治疗的地方，所以一直没有受到冲击，还算稳定。

孙丽个子不是很高，但是很苗条，人看着很秀气，很爱笑，眼睛大大的，有一个俏皮的笔挺的鼻子，属于很讨人喜欢的那种乖巧的女生。但是不知道是不是从小就是孤儿的原因，孙丽的眼睛中不时流露出一种淡淡的伤感。不过她从来不表现出来她的那种伤感，而当她知道我的父母亲也不在了的时候，反而心疼起我来。

尽管第一次聊天时间并不是很长，却让我养成了每隔两三天就去一趟医院找孙丽的习惯，如果见不到孙丽，我就有些难受。自从母亲死后，庞怡巧和我决裂，我就一直没有任何感情的依靠，所以，我似乎把孙丽当成了我感情上的一个依靠了。

但是我很小心很谨慎地和孙丽相处，生怕我的一时冲动冒犯了她，所以每次见面，我都尽力地克制自己的情感，把孙丽当成很好的朋友一样看待。

不知道是不是陈景强和医院打了招呼还是什么原因，我每次来找孙丽都很顺利，也没有什么人刻意地打量我们两个。在第三医院安静的后院散步，有种世外桃源的感觉，没有满眼的大字报和撕心裂肺的口号声，有的只是我和孙丽静静地聊天，这让我终于露出了微笑。孙丽说我笑得很好看，我也会说她笑起来特别好看。

不过回到大队还是特别的别扭，尽管我平反了，恢复了身份，但是我却仍然没有什么朋友，大家对我保持着客气的态度，似乎生怕得罪了我或者和我沾上什么关系，这让我的处境很尴尬。尽管尴尬，但是大队还是安排给我了一个光荣的任务，就是参加了海防分队。一九七〇年开始，幻城特务的活动似乎又猖獗了起来，经常能够抓到从大岛溜过来的幻城“特勤兵”，所以，整个南海的小虾兵大队都有一支海防分队，分不同的地段和时间负责整个南海海岸线的巡逻任务。这种工作很容易出成绩，所以特别让人羡慕，我觉得我能够参加海防，也是陈景强安排的。

春节前得到了赵德民和庞怡巧结婚的“喜讯”，赵德民托人转告我，希望我能够参加他们的婚礼。我犹豫了很长时间，本来打算放弃，不过在和孙丽聊天的时候让孙丽察觉了。在她的再三追问下，我才吞吞吐吐地把我和庞怡巧的故事讲给了她听，以及我不想去参加他们的婚礼。结果孙丽很坚决地告诉我，让我一定要去，必须要面对自己不愿意面对的事情，并说她和我一起去。

就这样，我居然带着孙丽去参加了赵德民的婚礼。孙丽特别请了假，还打扮了一下，换下护士服的孙丽，看起来特别的俏皮，她的衣服也专门地整理过，看着很合身，没想到宽大的护士服下面，孙丽的身材很不错。这让我看着有些脸红。

越接近婚礼的地方，“周”的感觉就越强烈，但是距离太接近的时候，这种感觉就会被一种无形的力量给隔断了。我出出进进了两次，越发能够确定，“周”就是赵德民和庞怡巧其中的一个。

婚礼上我的出现，并没有引起什么过多的注意，大家都沉浸在快乐中，这也是难得的放松自己的机会。

婚礼结束后，直到送孙丽回到第三医院的外面，我才记起来，再过两天就是春节了。

孙丽走进去了几步，又突然回过身来，向我走近几步，双手背在身后，似乎很扭捏地摇晃了几下，才说：“后天一起过节吧，你来找我。”

我愣了一下，马上就回过神来，顿时傻哈哈地连连答应着：“好！好！”

孙丽脸上露出了灿烂的笑容，转身就跑进医院了。

我脖子发烫、脸发烧地站立了一会儿，突然心情格外轻松起来，一路甜滋滋地向自己的家跑去。

的确，整个南海我没有任何的亲人了，父亲本来就是赵家的独子，家里其他的姑姑们都嫁到外地去了。而母亲也是从闽州那边嫁过来的。妹妹死了，弟弟去湖北了，姐姐也去西北了，整个南海还真的只有我一个人，如果不是孙丽说起此事，我还真打算自己一个人过一个冷冷清清的春节。

而孙丽，她是孤儿，连父母是谁都不知道，完全是政府带大的孩子，十六岁工作了以后，也似乎没有什么熟人来往，基本上医院就是她的家。

孙丽的这句话，让我足足兴奋了两天，也着实准备了一番。我把我最新的衣服拿出来在褥子底下压了两天，让衣服能够平整一些。队里发的唯一的一些年货，我也是一口没有舍得吃。都准备好大年三十的晚上给孙丽多吃一点。有幸的是，队里还照顾我们这些无家无口的光棍，给我发了一小条腊肉、半条咸鱼和一盒午餐肉，我也做熟了装在饭盒里面。这都是难得一见的美食。还多亏了我是前进大队的，其他大队还都没有这些待遇。南海待遇最好的，就是民兵，能当民兵是每个南海年轻人的梦想，可惜的是，我这样出身不好的，永远和民兵无缘。

两天像过了两年一样，时间都是数着指头过来的。终于到了去找孙丽过春节的那天。我洗了澡穿戴整齐，用网兜提着那些珍贵的年货，来到了第三医院。

见到孙丽的时候，孙丽打扮得像一朵花似的。我看到她眼睛都发直，孙丽的脸上浮出两朵红晕，带着我就去她的宿舍。

我还是有点紧张的，孙丽不会这么大胆，把我这个单身男子带到她的宿舍去吧。要知道那个时候，没有结婚的男女同处一室过夜，是非常重大的错误，是流氓罪。这倒让我有些犹豫，不过也不敢问孙丽，怎么能扫别人的兴呢。

不过当孙丽把我带到宿舍的时候，门一推开，我才发现宿舍中早就坐了其他的几个女孩子，看到我进来就呵呵呵地笑了起来，并交头接耳的。一个脸胖胖的女同志说："是个大帅哥啊！"

惹得我站在那里傻笑，孙丽也憋了个大红脸。

真是一个开心的夜晚，我们讲笑话，吃东西。我还被逼着表演忠字舞。这些女孩子都是孙丽的同事，也是孤儿，和孙丽一批进的第三医院，她们一起过了好几个春节了，这次我这个男生的到来，让这个小宿舍充满了欢声笑语。我真是好久都没有这么开心过了，我被这帮丫头整来整去，一会儿要跳舞，一会儿要俯卧撑，一会儿要扮敌人让她们用花生米壳子砸。

孙丽也是一个晚上都幸福地笑着、闹着，她的那些小姐妹不停地开她的玩笑，说得我都面红耳赤的，好像，孙丽真的会嫁给我一样，然后我们两个组建幸福的小家庭，生一大堆孩子。

接近年夜的时候，居然这帮女孩子还包了饺子，一个人只有三个，但是我很久都没有吃过饺子了，好像吃人参果一样囫囵一口就吃掉了，惹得大家又笑了起来。孙丽还非要把她的饺子让给我吃，两个人推搡了半天，那帮姐妹就起哄，非要孙丽喂我一个。

孙丽喂我吃的这个饺子，是我今生今世吃到的最好吃的东西。

刚把饺子吃完，大家正在收拾东西，一阵急促的脚步声传来，门被推开了，一个中年女医生冲进来，看了大家一眼，急急地喊道："快！先别收了，急救室！有海防民兵受伤了！"

大家对望了一眼，什么都没有说，就往门外赶去，我正不知道该怎么办，这个女医生看到我在场，对我喊道："同志，哪个单位的？"

我赶紧说："前进大队……"

这个女医生犹豫了一下，还是说："刚好缺人，来帮帮忙！"

我赶紧应了一声，就跟着孙丽她们跑出去。

孙丽在路上对我说："肯定是敌人利用春节派特务来南海。"

我跟着孙丽跑到医院里面，急救室外正横七竖八地躺着几个民兵战士，满身的鲜血，尽管是经过了简单的包扎，但是从他们受伤的程度来看，必须是马上动手术。从现场的混乱程度来看，这几个受伤的民兵都是刚刚送到医院。

我被安排着抗氧气瓶和扛民兵上手术床，大年三十的，医院人手短缺，救人如救火，谁也顾不了这么多了。

伤员还在不断地运过来，看得出来，这应该是一次爆炸。

而陆续赶来的人也越来越多，可能第三医院本来就是战地医院的原因，尽管匆忙，但是还算井然有序。

我扛民兵还有一个任务，就是要登记这个民兵的名字，但是大多数受伤的民兵都是双目紧闭，有的已经昏迷了，有的只是在哎哟哎哟地叫着。

当我把一个民兵扛上床时，这个民兵似乎有些特殊，他眼睛睁着，似乎很清醒，脸上尽管血淋淋的，但是一声不吭。我问道："同志，你还好吗？"他点点头。

我又问他："你叫什么名字？"

这个民兵慢慢地张开嘴，挤出了几个字："我叫徐德有。"

八　背叛的旋涡

整个除夕的夜晚在混乱中度过，军队和民兵大队方面派来了不少医生，医院也增调了一些医生过来，因为是大年三十，通信也不发达，所以一直到早上，我这个临时帮忙的，才终于轻松了下来。人精神一松，疲倦感也涌了上来，而我看到孙丽还是忙忙碌碌的，她身上穿着的护士服上也是沾满了鲜血，没有一丝一毫的懈怠。这让我对孙丽刮目相看。

最后统计的伤员有二十一个人，有几个已经是生命垂危，在早上的时候抢救无效牺牲了。

而其他的伤员除了两三个还在深度昏迷以外，基本上都稳定了下来。

从川流不息的人群和医生的话语中，可以估计到这是一次地下爆炸，并可能引爆了周围的一些弹药，造成了巨大的伤亡。但是从跟随过来的民兵的神态上来看，似乎这次爆炸是一个不能公开的事件，而且爆炸原因也是没有任何解释。

所以早上的时候，我这个局外人接受了两个民兵的询问，我也老老实实地说了为什么我在这里帮忙。这两个民兵没有说什么，就让我先回去，并警告我不得和任何人提起此事，说这是军事机密。我和孙丽打了个招呼，看孙丽也没有什么工夫搭理我，我没和孙丽多说什么，就回去了。

我回到自己的房子里梳洗了一下，躺在床上却睡不着。整个场面唯一印象深刻的就是徐德有这个民兵。徐德有让我觉得很熟悉，好像似曾相识。并且整个晚上的抢救像曾经经历过一样，但是这种感觉又停在了现在，没有往下发展了。

迷迷糊糊睡着，醒来已经是下午了，我用开水泡了点剩饭，胡乱地吃了两口，就动身去第三医院找孙丽，不知道为什么，我很担心孙丽她。

在第三医院找到孙丽的时候，她正坐在护士值班室里，斜靠着桌子，头靠在胳膊肘里，坐着睡着了。和她一起的一个脸胖胖的护士，是昨天晚上一起过年的，她看到我来了，正要去叫孙丽，我做了个手势，让她不要叫醒孙丽。我静静地坐了下来，看着孙丽，心里涌出了爱恋的感觉，作为一个男人，我很想用我的臂弯给她安全感。

不过，刚坐下来没有多久，门口沉重的脚步声就响了起来，孙丽一下子就惊醒了，一抬头看到我在，刚露出惊喜的表情，一个民兵就冲了进来，看着也就十七八岁的年纪，他结结巴巴地嚷嚷道：

“大……大夫，我……我们徐营长吐……吐了。”

孙丽忙站起来，对我说：“你先坐一下。”然后和胖脸的护士一起跑出去了。

等孙丽回来的时候，明显地看到她脸上流露出的倦意。

我知道我在这会干扰别人工作，于是我插上一句嘴：“我还是先走了，改天我再来，你们都注意休息。”

刚起身要往外走，没想到迎面就差点碰到一个刚好要进门的人，居然是陈景强。

陈景强居然是来警告我不能说任何关于爆炸的事情的，这让我觉得这真的不是一个简单的事件。

那天爆炸中受伤的那些民兵，都是属于南海民兵师，尽管不是正规的军队,但是管理和编制完全按照军队来,武装力量相当的惊人，这也是南海比较独特的地理位置造成的。这支民兵师其实是整个南海最大的一支武装力量，我们以前的战斗如果他们参与，两个派别绝对都不是他们的对手。不过幸运的是，这个民兵师对政治上的事情并不感兴趣，他们主要的任务就是海防和南海的防护，并随时准备整编成正式军队参与战争。

在爆炸案后，我们更加频繁地出现在海岸线，进行巡逻。

枯燥的几天海防之后，终于我有了机会轮休。我满脑子考虑的事情就是去找孙丽，尽管孙丽和陈景强的话还是记忆犹新，不过强烈的冲动还是让我鼓起勇气跑到了第三医院。

值班护士病房里，孙丽并不在，甚至新的护士也是陌生的脸孔。我鼓起勇气向她询问了孙丽，结果答案是她不认识孙丽，她是从第一医院调过来的。我在我曾经抢救过民兵的几个病房和医护室逛了几圈，连熟悉的几个医生也都不见了。

我又去了孙丽的宿舍，宿舍中空空如也。

我从宿舍出来，身上一阵发冷，不由得哆嗦了一下。孙丽不见了，似乎所有参加过除夕晚上救援行动的医生和护士，以及受伤的民兵，统统消失了。那么，我为什么还没有消失？他们去哪里了？

猛然间，被监视的感觉又回来了，而且，这次好像是几只恶狠狠的眼睛一起在注视着我，并且是充满了威胁的。这和以前有安全感的监视完全不同。

以后的几天是失魂落魄的几天，我如同木头人一样麻木地执行着自己的工作，满脑子都是孙丽不见了的事情，为什么孙丽连个口信都没有留给我，难道他们是匆匆忙忙离开的吗？

尽管行为是麻木的，但是我的大脑却很清醒，八个被我标注的“同类”，有一个标号为“李”的“同类”的信号消失了，再也没有出现过。这让我不得不想起那个叫徐德有的民兵，从看到他开始到现在，这个人的形象是如此的清晰，好像刻在我脑袋中。难道“李”就是徐德有？

等到正月十五过完，这个“李”的信号就又突然出现了。这让我顿时兴奋了起来，我也不管到底“李”是不是徐德有，仅凭着试一试的机会，我在正月十六我轮休的时候又去了一趟第三医院。孙丽他们还是音信全无，任何人都是对此事三缄其口。

只有“李”的感应持续强烈着，在我晚上回到宿舍以后，直到十二点，这个“李”的感应却突然出现了隔断感。我立即翻身从床上坐了起来，这种隔断感我知道，就好像我确定赵德民可能就是“周”一样，这个“李”估计离我越来越近。而这个“李”似乎也在试探我，隔断感一出现，“李”就似乎又隔远了几步，让感应又出现。我知道这个“李”也在用我参加赵德民婚礼的一招，来看看到底这群人里面有没有“同类”。

一直是我在寻找“同类”，这次居然是有“同类”在寻找我，这让我很吃惊，居然涌起了一种喜悦感，我在这个世界中，还是有真正的“同类”存在的，现在，他在寻找我。

我静静地坐在床上等待了一会儿，然后起身穿好衣服，轻轻地拉开房门，从宿舍中溜了出去。

凌晨的南海，海风格外的冷，将我冻得打了几个冷战。我宿舍后面是一片小小的树林，黑漆漆的。整个南海都是黑漆漆的，连路灯都没有，不仅仅是电力不足的原因，在十二点以后还亮着灯的家庭很可能被人怀疑在搞什么特务勾当。只有远处传来夜巡的小虾兵凌乱的脚步声。

我环顾了一下四周，的确没有任何人的踪影，这个时候我外出，几乎是顶着一旦被抓住就要杀头的罪名。所幸的是，我对周围的地形很熟悉，对巡逻队的规律也很熟悉。

我绕着宿舍溜了两圈，确定这个“李”就在宿舍的附近，因为我下楼以后，隔断感就立即涌来，但是我却不能发现任何人的存在，应该说“李”隐藏得相当好。

当我决定放弃尽快回宿舍的时候，我身后突然伸出一双大手把我的嘴捂住了，一个人小声但是斩钉截铁地说：“别动，动一下我立即扭断你的脖子。”我相信他说的是真的，从他手上的劲头和抓小鸡一样控制住我的动作来看，他是经过专业训练的，他的口气也是说到做到。

我没有挣扎，因为当他的手捂上我的嘴的时候，我能“听”见他大脑中在说：“是不是你？你不是你？不是你可就糟糕了！”

他把我快速地推向黑暗处，我做了个手势，表示自己保证不出声。

这个人小声说道：“别给我耍花样，我瞬间就能要你的命。”我还是“听”到他脑中说：“希望是你小子，如果不是你，马上收拾掉。”

我点了点头，他就慢慢地把手松开了。我把头晃了晃，刚才这家伙用的劲相当的大，几乎让人窒息。

我一回头，和他对视了一下。我俩都是一惊。

这个人，就是医院里的我见过的徐德有！

徐德有小声地说：“是你！”

我也小声地说：“你是徐德有？”

徐德有说：“是的。我认识你，你在医院问过我的名字。”

我问道：“你……怎么了？”

徐德有说：“别问了。这里很不安全。”

这样近距离地和徐德有接触并说话，我有一种轻松感，他肯定是我的“同类”，因为我听到他大脑中讲的话。

我居然说道：“去我宿舍吧。不要待在这里。”

这个徐德有犹豫了一下，还是点了点头，说：“你别后悔。”

我没有回答，猫着腰站起来，向他打了个手势，示意他跟着我。

徐德有走路很轻，走在我身后几乎听不到任何声音。我知道他跟着我非常的近，一伸手就又能把我控制住。到目前为止，他还是对我保持高度警惕的。

我和他溜进我的房间，我把门轻轻地关上，徐德有马上躲在门后，仔细地听外面是否有声音，又沿着墙溜到我的窗户边上，向外打量了一番。可惜的是，我的房间并没有窗帘。徐德有这样折腾了一会儿之后，才似乎松了一口气，轻轻地坐在我床边的椅子上。

窗外的月光照着房间很光亮。徐德有穿着一身破烂且极不合身的常见的绿军装，身上还挂着几缕杂草，很明显是从什么地方钻出来的。

徐德有坐下以后，脸上马上露出了疲倦的神态，紧绷着的身体一软，小声说道："你是不是很奇怪？"

我坐在床边上，也小声地说："没什么奇怪的。"

徐德有"哦"了一声，似乎对我的镇定觉得很吃惊，问道："不奇怪？"

我点点头，说："你怎么了？"

徐德有说："不要问了。一言难尽……你不想知道我怎么找到你的？"

我笑了笑，徐德有可能还不知道我也有和他同样的能力，甚至我更胜一筹。于是，我指了指自己的头，说："凭感觉吧。"

徐德有深深地吸了一口气，看我的目光也闪烁起来，说："你是谁？"

我说："我叫赵雅君。"

徐德有说："没了？"

我说："没了。"

徐德有说："你是不是很想知道我到底发生了什么？"

我说："不感兴趣……嗯……就是，你们去了哪里？认识孙丽吗？”

徐德有说：“呵呵，是那个小护士吗？认识。我告诉你，我们现在都被关在南海郊区的一个医院里面，距离这里很远。”

我一听到被关起来了，有点紧张起来，说：“孙丽还好吗？”

徐德有干笑了两声：“你还是一个多情种啊。她还好，我们都还好。”

我说：“那你怎么逃出来了？”

徐德有脸色微微一变，但是马上恢复了镇定，说道：“呵呵，也没有必要隐瞒，因为我既然逃出来了，就是告诉大家我就是特务。怎么样，你害怕了吧？”

我微微一笑，想起我也曾经被人怀疑是特务，但是眼前真正地坐着一个正牌的特务的时候，我倒觉得好笑起来：“没有什么好怕的。只是，爆炸是你干的？”

徐德有说：“好笑的是，不是我干的。我知道我被派到南海来，可能是被怀疑了，但是古怪的是，爆炸和我一点关系也没有。”

我“哦”了一声，说：“不是你干的，那你为什么要跑？”

徐德有说：“因为我首先被怀疑，如果我不跑掉，重要的情报就传达不出去了。”

我说：“重要的情报？”

徐德有说：“尽管我不知道你是谁，也许你就是南海的钩三。但是我知道你就算是钩三，你也不会承认的。”

我说：“那你怎么不去找钩三？”

徐德有说：“有些事情，你可能不能想象，就是我来了南海以后，逐渐有了一种感应，能够感觉到我的‘同类’。”

没有想到徐德有也会用“同类”这个词，这倒让我更加感兴趣起来：“同类？”

徐德有呵呵一笑，说：“是的，我能感觉到一些和我一样的人。”然后，他的眼神又闪烁了起来，牢牢地盯着我。

我没有躲避他的目光，也是牢牢地盯着他，说：“你觉得我是你的同类？”

徐德有点点头：“是的，应该是你。”

我喘了两口气，说：“我如果说我就是呢？”

徐德有说：“你是也好，不是也好，既然你和我这样说话，我都会把你当成我的朋友。”

我说：“所以，你没有去找钩三，而是先凭感觉找到了我？”

徐德有说：“是的，找我的同类比找到钩三对我来说更有兴趣。因为，我的同类应该会帮我。”

我微微一笑，说：“我能帮到你什么？”

徐德有也笑了起来，看起来显得特别的爽朗：“帮我找到钩三，或者让我游到大岛。”

我说：“那我不就也是特务了？”

徐德有说：“请问你，你觉得在这里活着有意思吗？”

我没有说话，我的确觉得生活的这个世界一点意思都没有。

徐德有见我不说话，继续说：“我真的希望一把大火能够把这个世界烧个干净，然后重新建立一个新的国度。”

我说：“这就是你当特务的理由？”

徐德有说：“呵呵，这个世界太残酷了，我的经历你听了会对这个世界再也没有信心。”

我说："难道，幻城就让你有信心？"

徐德有说："没有，但是，你还能指望谁呢？"

我说："好吧，我能够怎么帮你？"

徐德有说："不管怎样，我把我掌握到的情报告诉你，如果我不幸被抓住了，希望你能把这个情报传达出去。"

我点点头。

徐德有深深地吸了两口气，说："你可能不会相信，我在燕北得知了燕北的地下有一个秘密的组织，这个组织的势力很大。而且，我还知道了这个组织的名称，叫第二通道。并且，这个叫通道的组织不止一个，好像还有第一通道，但是性质都是一样的。"

我还是第一次听到有这样的一个组织，不禁也是暗吸一口凉气。

徐德有继续说："可怕的是，居然除了第二通道以外，还有一个和第二通道格格不入的组织存在，这个组织庞大到了不可思议的程度。"

我控制不住自己的情绪，声音也变了起来，说道："天啊，真的吗？"

徐德有说："还有一个A大队的存在，其实就是我这个单位的核心组成，他们在帮政府的人处理一些事情，因为我是这个单位民兵营的营长，所以能够了解到一些。"

他刚说到这，就立即停止了，我的门口就从远到近传来了急匆匆的脚步声，从我门口跑过。

徐德有立即站起来，躲在门后墙的一侧，似乎大气都不敢出。

我也不知道为什么，紧张得要命，赶快躺下，把被子盖到身上。

过了一会儿，这个脚步声又哒哒哒哒地从远到近地从我门口跑过，我这才松了口气，应该是有人深夜上厕所。

徐德有又听了一会儿，才溜回来，说：“此地我不宜久留。记住，我刚才告诉你的，都是真的。”

我连忙说：“那我怎么帮你呢？”

徐德有笑了笑：“我说出来这些情报，心里就舒服了。我不想把你这个朋友拖下水，你和我见面，都已经是足以杀头的罪名。谢谢你，我要走了。”

我说：“你告诉我怎么找钩三！”

徐德有沉吟了一下，说道：“你还是不要蹚这趟浑水了。”

我正要继续说话，徐德有伸出手捏了捏我的肩膀：“赵雅君，我会记得你的，朋友。”

我把手伸出来，说：“保重。”

徐德有也把手伸出来，紧紧地握了一下我的手。

我又听见他脑海中说：“我相信你，你和我一样的，我们一定会再见的。”

然后，徐德有又贴着门听了一会儿，把门缓缓地打开，身子一闪，就钻出了房间。

我走到门口，把门轻轻地关上。

我对徐德有这么好，只是因为他是我的“同类”。我只是觉得自己被孤立的世界中，突然多了一个真真实实、有血有肉的朋友。我曾经以为我是孤单的，但是真正和徐德有见面之后，我的心中是如此的惬意和充实，那种心情是难以形容的。

为此，我甘愿承担成为真真正正的特务的风险。

我正要走回床上，突然外面传来了尖厉的吼叫声，然后是枪声。

“抓住他！抓住他！”我心中一寒！完了！徐德有被发现了！

而正当我惊愕的时候，杂乱的脚步声也响了起来，我的门被轰地一脚踢开了。四五个打扮很奇特的民兵蜂拥而入，大吼着：“别动！动就打死你！”然后我就被按在了地下，五花大绑起来。

九 铁笼子里的唇枪舌剑

两辆汽车，一前一后地快速地开了出去，疾驰在南海死一般寂静的夜晚中。

很快，汽车驶出了市区，在郊区坑坑洼洼地颠簸了半个小时以后，才终于驶入了一个很大的院子，从窗外可以明显地看到，这是一个军事禁区。两部车绕了几圈之后停在一栋小楼前。

徐德有应该清醒了，他被几个民兵连扯带拽地拖了出来，我则比较老实地跟在他后面。徐德有边走边吼道："我是燕北光辉独立特种民兵大队派下来的观察员，你们没有权力抓我！"没有人搭理他，推推搡搡地把徐德有推了进去。

这房子似乎是一座军事监狱，我一进去就被戴上了手铐和脚镣，然后才松了绑。随后就被推到一个铁笼子里，旁边就关着徐德有。我不知道为什么他们要安排我们靠得这么近，而且还可以彼此看到。

铁门哐当一声关上了，人一走，这个牢房马上就安静了下来，甚至静得有点可怕。

徐德有沉重地喘着气，让我也几乎跟着他的节奏呼吸了起来。他喘了一会儿，突然大骂道：“妈的个巴子！”我转过头看着他，正想说声对不起，徐德有就黑着脸冲我骂道：“看什么看，老子宰了你！你他妈的是谁？”我一下子把话吞进了肚子，看他那样子似乎并不想让我说话。我正在疑惑，就看到徐德有向我古怪地眨了一下眼，眼睛又向上快速地挑了一下，我顿时明白了他的意思，他打算装成根本不认识我，或者是和我毫无关系，而且，他在提示我这个地方有监听的系统。

我顿时觉得一阵感动袭来，徐德有在这个时候，还不忘保护我这个“同类”。幸好刚才我没有说对不起，如果说了，就等于我承认了我和徐德有有关系。

喊叫没有任何效果，没有人搭理我们，好像我们并不存在似的。

一夜无眠，尽管徐德有发出了轻微的鼾声，我也认为是他假装的。徐德有的厉害之处是让我深深佩服的，他的镇定几乎让人不了解内情的人，根本无法相信他就是特务。

我甚至都怀疑，徐德有会不会告诉我的都是假的？故意编了一个骇人听闻的故事给我听？但是，又有什么必要编故事给我这个小人物听呢？

早上的时候，冯尽忠带着人冲了进来，把我的牢门打开，将我拎了出去。徐德有似乎没有什么感觉一样，只是翻了下身，背对着我们似乎漠不关心。我知道，他心里一定很难受，不让我看到他的表情。

我被推推搡搡地押到了一个房间，房间空空如也，我就孤零零地坐在正中间的一张椅子上。

我一个人等了半天，半晌，门才被推开了。

一个人走了进来……

十 再死一次

这个人不是别人，就是陈景强。他的出现让我吃惊不小，怎么这个人似乎无孔不入一般。跟着陈景强进来的还有一个人，穿着整齐的绿军装，显得很威严。

陈景强估计已经料到我会很吃惊，所以他满脸笑容地说道："别紧张。"然后就把屋里墙角的一张椅子拖过来，和我面对面坐着。另外那个人则把双手交叉，站在一边看着我。

陈景强一坐下，就向那个人微笑了一下，对我说："这位是南海民兵师的李国彪师长。"

李师长看似很和气地向我点点头，也不说话。

陈景强接着说："小赵，你这次真的很麻烦了。"

我说道："我真的不认识那个徐德有。"

陈景强说："你们认不认识无所谓了。我也相信你和徐德有并没有什么关系。"

我说："我就在医院见过他一次。"

陈景强说："我只是觉得奇怪，他怎么谁都不找，就找到你了呢？"

我本来很想说徐德有感应到了我的存在，才找到我的，但是我脑子飞快地一转，就忍住了。不仅是因为我觉得这个理由太过荒谬，而且我也有种莫名的恐慌，很害怕把这个事情说出来。

于是我说："我也觉得奇怪，我真的想不通到底为什么。"

陈景强说："你不是曾经告诉我，你有些古怪的感觉，感觉到南海有你的'同类'吗？"

我沉默了一下，我的确在第三医院被陈景强解救之后，说过这些话。

陈景强看我不说话，继续问道："好了，你可能也回答不了这个问题。你能把徐德有对你说的话重复一下吗？"

我抬起头，内心非常矛盾，如果我说了，我应该属于立功；如果我不说，我可能就真的会被定性为特务。

我内心挣扎了一下，突然想起徐德有在铁笼子中的情景，于是我很坚决地说："他什么都没有说。只是问我有没有吃的。"

陈景强说："小赵，这是你最后的机会，你要想清楚哦。"

我还是斩钉截铁地说："他真的什么都没有说。"

陈景强突然口气严厉了起来："你连我都要保密？我是救你！不是害你！你不说只会更糟糕！"

我横下一条心，我认为我说了才更糟糕，而且我认为，这些人似乎并没有听到徐德有和我说了什么。他们只是知道我晚上出去了，带了一个人回来。

看到我在沉思，陈景强估计我在犹豫，又紧跟着说道："你和徐德有的对话，准确地告诉你，我们都已经记录下来了。让你重复一遍，是你唯一不掉脑袋的机会。小赵啊，你要考虑清楚才好。"

其实陈景强威胁我要掉脑袋对我来说没有什么意义，我已经自杀过一次，对死并没有什么畏惧，甚至觉得是一种解脱。

我抬起头来，还是委屈地说道："首长，我编也编不出来啊。我都不认识他，他能说什么我都想象不到。"

陈景强生气了起来，声音也大了："赵雅君，我用了这么多心思想救你一命，你怎么这么顽固不化！"

我委屈地说着："首长，我知道你对我好。但是，但是……"

陈景强挥了挥手，打断了我的话："好了，好了。如果你不是……嗯！如果不是看你还有可塑性，我根本不想管你。"

我猛然觉得陈景强话里有话，如果你不是什么？陈景强难道是想说如果我不是谁吗？

我本来还想说一句，但是陈景强已经站了起来，脸色非常难看，说："就这样吧！"

陈景强朝师长干笑了一下，李师长估计看到陈景强脸色很差，也看了我一眼，把陈景强拍了拍，说："陈主任，辛苦你了。"

陈景强说："借一步说话。"拉着李师长走出门外。

就听到他们两个在门口嘀嘀咕咕地说着什么，过了一会儿，陈景强好像走开了，李师长自己一个人走了进来，同样坐在我对面的座位上。

李师长说："赵雅君，你很固执，我不知道你到底在想什么。不过，你自己把你最后的机会丢掉了。你现在罪证确凿，又无戴罪立功的表现。你既然坚决和人民对抗到底，那么你知道你的下场。"

我脑子中知道他说的下场就是——死，我没有说话，只是点了点头，死就死吧，反正我也是死过一次的人了，尽管唯一的遗憾是没有见到孙丽，但是孙丽曾经给过我幸福感，我已经知足了。

李师长看我还是没有什么反应，知道我死意已决，摇了摇头，站起来走到我的身边，低低地说："赵雅君，如果你就是钩三，我不得不佩服你。你来生如果还能碰到我，我倒愿意和你交个朋友。"

说罢就头也不回地出去了，重重地把门关上。

我又一个人静静地待在屋里，笑了一下。一个人如果知道了自己的未来，我倒觉得是件开心的事情，至少不用为自己以后将如何而担忧。我说了也是特务，而且还背叛了这么信任我的徐德有；我不说也是特务，不过却对得起徐德有。如果说了能够活着，那还不如去死算了。

所以，我笑是因为我觉得我终于正确地决定了一件大是大非的事情。希望徐德有能够活下去。

很快，门又被打开了，冯尽忠带着两个民兵冲了进来，二话不说就把我架出了房间。我没有再次被关到铁笼子里，而是被关进了一个小小的一扇窗户、黑漆漆的牢房。冯尽忠临走的时候还对我骂道："奶奶的，你老实给我待着，过两天就送你上路！"

不知道是不是和徐德有又隔远了的原因，"李"的感应又来了。我相信徐德有一定也能感应到我。我拼命尝试着锁定徐德有的信号，企图和徐德有建立联系，但是一次次地失败了，每次好像都要进入徐德有的身体的时候，就有一种干扰似的声波把我推开了，这种感觉就好像磁铁的同极，有种看不见摸不着的力量不让我们靠近。

不断地尝试让我相当的疲劳，连肌肉都酸痛了起来，好像长途奔跑后肌肉的酸痛。

不知道是不是李师长并不死心，中午吃了点东西之后，下午就有一些民兵连续不断地进行审问，有好言相劝的，有言词威胁的，也有动手动脚的。不过我第一不怕挨揍，第二不怕死，所以整个下午好几拨人都是无功而返。

晚上冯尽忠冲进来不由分说把我暴打了一顿，下手很重，一度让我昏眩了两次。打完又有人进来找我苦口婆心地谈话，声泪俱下、政策攻心，阐述了特务组织给我们国家带来的重大破坏等。我还是一言不发。

也许是李师长料定我是死也不开口，所以我昏睡了一个晚上后，第二天居然没有人再来打扰我。这让我能够养伤，并继续琢磨怎么和徐德有建立联系。今天徐德有的信息很反常，感觉很微弱，并时断时续的。无外乎有两种情况造成这样，第一是徐德有情绪很平静，第二是半昏迷的状态。我估计徐德有应该现在处于半昏迷状态，在这里根本无法完全平静下来，都是生死关头。

由于第一天的失败，我这次联系徐德有并没有像第一天那样硬冲硬撞，而是在仔细地试探这种隔断的力量，最后竟然发现，这种力量并不是密集的一片，而是好像一大段一大段的布条，横七竖八地阻挡着你，你一旦靠近，这些能量就会把你紧紧地纠缠住，让你不得不退回来。我在琢磨是不是可以把自己的思维变小，从这些分布的能量间隙中间钻过去。

于是我花了半天时间，都在尝试着将自己的思维压成很微弱很细小的一个点，终于取得了一定的成绩，我能够用意志力将自己的思维越变越小。不过变小是可以的，但不能保持住，很难控制这种“微小”的状态，一分神，马上就会剧烈地“膨胀”，让自己思维“巨人”化。

我想起我小时候听妈妈念过的一些佛经中说过，要心静如水，抛除一切杂念，我认为我现在似乎很难做到这一点，我的思绪总是容易分神，这可能和我所处的牢房有关系，门外不断地传来嘈杂声和民兵操练的号令声。直到入夜，我才终于在一片漆黑和安静中，将自己的思想维持“微小”状态了很长时间。不过徐德有的感应却消失了。

还好我又集中了一下精神，很快又感觉到了其他“同类”的信号，其中有一个很明显，应该是标号为“周”的“同类”，上次参加完赵德民的婚礼后，我基本确定赵德民就是“周”。所以，我锁定了赵德民的信号，尝试着用自己的“微小”状态去联系上他。

我躲过了两三条隔绝的能量带，似乎是从缝隙中穿越了过去，但是很快就控制不住，一下子膨胀了，这些能量带就蜂拥而至，把我困住，然后甩了出去。失败了无数次，以至于我差点失去了信心，不知道这些隔绝的能量带是不是无穷无尽的。

我警告自己不要放弃，一定要出去，安静了一会儿，才继续尝试。这次我很谨慎很小心地用“微小”状态穿越着，持续了很长时间，最后隔断的压力一小，我知道很可能穿过了隔断的能量带，前方赵德民的信号开始在脑中实体化，居然是一个很亮的光点。我向这个光点接近着，然后纵身往光点扑了过去。

光芒似乎一下子把我全身覆盖住了，我还没有反应过来，一股强烈的性兴奋就涌了过来，居然是射精的感觉。这让我这个处男大惊失色，一下子就被拽了回来，恢复了正常的状态。

我大口大口地喘着粗气，面红耳赤，但自己并没有起任何的生理反应，这种性兴奋是如此的真实，难道我感觉到的就是赵德民？难道我在刚才那一瞬间，成为赵德民？难道同类之间建立了联系，是完完全全地感同身受吗？

似乎一个完全未知的领域向我敞开了一丝小小的门缝，如果我能够完完全全地感受到别人在做什么,想什么,甚至所有的身体感觉，那我岂不是成了别人？不过，我还是我，只是用了别人的身体而已。是灵魂附体吗？小时候曾经听姐姐给我讲鬼故事，我这算不算鬼上身呢？

我甚至开始怀疑，我的这种自我认识是怎么来的呢？难道说，“我”是可以和自己的感觉、情感、记忆脱离的吗？

由于刚才进入赵德民身体的感觉太过古怪，我再也没有勇气尝试。

而自己在乱想的时候，赵德民的感应也逐渐消失了，他应该是睡着了或者平静了下来。

我开始意识到，可能我真的不是人，我可能是另一种生物，一种和人一模一样的生物。这种意识的强烈，让我异常的困扰起来，我不是人，那我是什么？

思想斗争了很久，才终于感觉到身体和精神都异常的疲劳，居然想着想着就睡着了。

然后，我做了一个从来也没有过的梦。

我梦见我是另外一个人，我从一个大大的椅子里面站起来，眼前都是一些我从来没有见过的机器和设施，我从一个长长的光滑的石头走廊走出来，一扇金属门无声地打开了。

我眼前是一个巨大的山洞，墙壁上贴着绿色的草垫，整个山洞非常的高，从山洞顶上射下来光线，照着整个山洞非常明亮。

这个山洞里面有一些穿着蓝制服的人走来走去，地板是金属的，上面画着古怪的线条。更奇怪的是，山洞中间停着好几个慢慢旋转的巨大鸭蛋，发出浅蓝色的光芒。但是，在梦中，我并不觉得诧异，好像习以为常。

我从山洞一边穿过，一些蓝制服客气地向我鞠躬，他们的表情是平静的，好像与世无争。我手一挥，又打开了墙上的一道门，穿过了很多透明的大房间之后，走到了一个明亮的房间，房间中间放着一张椅子，椅子上面则布满了各种颜色的电线，收成一团，有一个巨大的锅盖吊在椅子的上方。

我转过身，光滑的墙壁映出了我的样子，白色的制服，胸前有一个火焰的标志，有五十多岁，消瘦，但是很精神，头发是灰白色的。

我当时脑中想着："不知道今天关联控制能量率是否能提升一些。"而后在墙壁一个亮晶晶的屏幕上触摸了一番，走向了那把椅子。

头顶上的锅盖降了下来，我扶了扶，就戴到了头上，随后一股能量注入了大脑，看到了无数的亮点。

突然，这些亮点都消失了，我看到我自己的影像浮现在大脑中，我突然对自己说："你是谁？"

我一声高呼，从梦中惊醒了……

这个梦是如此的真实，真实到了很难让我相信。我使劲地搓了搓脸，窗外已经露出了牙白，这个梦感觉只有三十多分钟，而我应该已经睡了好几个小时了。

我再也没有睡意，抱着腿蜷缩在床上，胡思乱想。

天越来越亮，我的门再次被沉重地推开了，冯尽忠一脸诡异的笑容，带着两个民兵钻了进来。我只是坐在床上，呆呆地看着他们。两个民兵端着一些食物，闻起来很香。

冯尽忠说："赵雅君，快点吃完，我们好上路。"然后把食物摆在了地上。我一看，除了粥和白白的花卷，居然还有一个大大的鸡腿和一小瓶海风牌的酒。

这倒一下子勾起来我的食欲，刚好这两天吃的差劲，我也没有客气，直接走过去抓起鸡腿就啃了起来。

冯尽忠笑骂道："慢点吃，别先噎死了。"我没有搭理，只是一个劲地猛吃，连他们出去，都没有注意。

等我把东西狼吞虎咽地吃完，才明白了过来，这是我的送行饭，今天估计我就要挨枪子了。

又过了一会儿，冯尽忠和刚才那两个民兵又把门打开。冯尽忠做了个手势，说："请吧。"我顺从地跟着他们出去，登上了一辆吉普车。

颠颠簸簸地开了半个多小时，天已经大亮了。我闻到了清晨大海的味道，被从车上带下来，眼前是一片大海，太阳像个巨大的鸭蛋黄，正悬挂在海平面上。周围的云霞也是一片通红，凉爽的海风带着一股清新的味道把我包围。

这个景象让我有些陶醉，我怎么从来没有注意到大自然是如此的美丽呢？

但是，我知道，在这片海滩上，这将是我人生最后的风景，很快，我就将失去生命。我甚至有点留恋起来，生命多么的美好啊，但是为什么我的生命却如此的艰难和痛苦？为什么我不能自由自在地生活在这美丽的、充满生命力的风景下，而是被迫地接受人与人之间残忍的争斗？

冯尽忠把我拉到两块巨石中间，说：“你还有最后一点时间，好好想想，还有什么要说的。”

我笑了笑：“最后一顿饭都吃过了，没有什么好说的。”然后陶醉地看着远远的太阳。

冯尽忠骂道：“死到临头还嘴硬。跪下！”然后把我转过身，一踢我的膝盖弯，猛地一拉我后颈的衣服，让我不得已地跪在了软软的沙滩上。

清凉的海风把我的头发吹动着，我昂着头，留恋着这眼前最后的风景。

身后又响起汽车的声音，在不远停下了，几个人从车里下来，就听见李师长的声音：“最后说了什么没有？”

冯尽忠说：“还是什么都没有说。”

李师长向我走过来几步，没有靠近我，对我说：“赵雅君，今天的风景很好啊，你不留恋吗？还是宁肯死也什么都不说吗？”

我动都没有动，说：“李师长，我已经说过了，我什么都不知道。风景的确很好啊。”

李师长说：“好，赵雅君，希望你到了那边，不要怪我。”

冯尽忠跑上几步，把一个头套要往我头上戴，我挣扎了一下，吼道：“不用了，让我看着太阳死。”

冯尽忠骂道：“兔崽子，还要求这么多。”还是继续套。我使劲地挣扎着，但是被捆得很死，只能把头甩来甩去。

李师长说道：“算了，不用给他戴了。”

冯尽忠手一停，哼哼地呸了我一口，把套了一半的头套摘下来。

随后，就听见冯尽忠喊道：“枪上膛！”一阵拉枪栓的声音响起。

我心中念道：“妈妈、爸爸、我来了。孙丽，保重；徐营长，保重。”

身后猛地传来一声大吼和凌乱的脚步声：“等一下！别开枪！”

我也吃了一惊，这个时候谁会刚巧过来？只听到陈景强主任气喘吁吁地说：“李师长！枪下留人！”

然后我听到枪又被放下的声音，似乎是李师长打了什么手势。

陈景强的脚步声停在我身后不远，说：“李师长，再考虑一下，我觉得赵雅君还是能交代的。”

李师长沉沉地说：“不可能的！”

陈景强说：“再说了，他毕竟是前进大队的人，也是我南海委员会的兵，李师长你不能就这样毙了他。要毙，至少也要走一下我这边的手续吧。”

李师长说：“哦？陈主任还对他挺热心的嘛，我不知道你是什么意思。”

陈景强说：“李师长，我知道你有权力对军事特务斩立决。但是，赵雅君什么都没有说，那就还是属于我的管辖范围内。他是逃不了一死，不过李师长这样毙了他，总是不好交代的。”

李师长说：“陈主任的意思是要我把他交给你，再做论处？”

陈景强说：“是的，也许还有可能让赵雅君老实交代，交代以后再枪毙，岂不是好一些？”

李师长突然哈哈哈大笑了起来：“陈主任，你是糊涂了吧！你知道，这种人多留一天，对我们国家的威胁就越大。”

陈景强说：“但是！李师长你这还是属于违规操作！”

李师长继续笑着：“违规？陈主任，你知道什么！”然后口气突然严厉起来，“陈主任，你给我退开，再说一句，一律格杀勿论！！”

陈景强声音也大了起来：“你敢！！”

李师长说：“我不敢？呵呵呵，平时也许我真要给你三分面子，不过，这件事，没有人情可以讲。包括你，我都有权用这件事的权力杀了你。”

陈景强说：“李师长！谁给你的权力？”

李师长没有说话，似乎从怀中掏出了一张纸，唰地亮了出来，喝道：“看到了吧！你要挑战他的指令吗？”

陈景强似乎被震得退了两步，说：“怎么会！”

李师长把纸收起来，喊道：“举枪！瞄准！！”

我还是很感谢陈景强主任，最后看了一眼太阳，慢慢地把眼睛闭上了。

一声枪响——

十一　手心中的红色标志

枪声响过，我并没有觉得有什么异样，而身后似乎骚动了起来，传来了脚步声。

我不禁回头望去，只见几个穿着整齐笔挺的中山服的男人已经跑了过来，其中两个径直地站在了我的面前，挡住了我。

最打头的那个中山服男人手中拿着一支手枪，边跑边喊道："统统放下枪！我是委员会特派员！"一直冲到了李师长面前。

举着枪的四个人也是一阵迟疑，都犹豫不定地看着李师长。两个中山装把我扶起来，拉到一边。

李师长脸色很差，耳根通红，不过他还是很沉得住气地把手一压，说："放下枪。"

那个打头的中山服已经站在了李师长的面前，他喘了两口粗气急促地说道："真水委员会急电！南海 211 爆炸案所有涉案人员一律等待中央特派组重新审理！"

李师长沉声道："什么意思！你怎么称呼！"

这个中山装没有好气地说："我叫林凤山。"然后就从怀中摸出一张纸，抖出来展示给李师长看。李师长脸色变了变，却哈哈一笑："我不相信！"

林凤山"哼"了一声，把纸收起来，说："信不信由你！人我们要带走！"

李师长喝道："你敢！"

旁边的冯尽忠看李师长发作，反应倒是非常的快，掏出枪就指在林凤山的脑门上，同时粗声骂道："哪里来的兔崽子！"

哗啦啦连响，其他的中山装也都把枪举了起来，看得出来也是训练相当有素。当然，李师长那边七八个人也是迅速地提起了枪，彼此瞄准着。

林凤山环视了一眼周围的人，慢慢地说道："李国彪，你好大的胆子！你妄动一下，我敢保证你下半生就是一片黑暗！"

李师长牢牢地盯着林凤山，林凤山也丝毫不让。这样僵持了一会儿，李师长突然脸色一缓，哈哈地笑了起来："哦！是林特派员！想起来了，想起来了！误会，误会！"随后转头就冲着冯尽忠吼道："把枪放下！给我赔礼道歉！"

冯尽忠被吼得一愣，尽管他没有什么大脑，估计对这些官场上的局势还是搞得清楚的，他只愣了一下，就马上把枪收起来，大下巴往前伸着，觍着脸笑道："误会，误会！我该死啊，抱歉，抱歉。

您别介意！”

尽管冯尽忠丢人现眼，倒也给了双方一个台阶下，李师长的这只狗腿子能得到器重，还是有些过人之处的。

林凤山眼神一缓，口气也软了一些，他掏出一个小红本子，递给李师长，说：“李师长，你也别见怪，来得匆忙，没有通知你们。”李师长把本子接过来扫了一眼，马上就还给林凤山，说：“不用看了，不用看了。”

林凤山微微一笑把本子收起来，略略退了一步，说：“来得匆忙，赶到李师长的驻地，知道你已经出来了。紧赶慢赶地到这里，幸好来得及。”

李师长斜眼看了我一眼，对林凤山说：“我还差点犯了错误啊。”

林凤山哈哈笑了一下，说：“李师长，谢谢你的配合。”

李师长说：“人你们现在带走？”

林凤山说：“是的，其他涉案人员还请李师长再照顾两天，等特派组到了以后再移交。”

李师长说：“好的，好的。有特派组来，也真是给我卸了一个重担。哈哈哈。”

林凤山说：“那谢谢李师长了，改日再单独来拜会。”

李师长说：“请，请……”

林凤山环顾了一下四周，目光就落在陈景强的身上，微微点了点头，算是打了个招呼。陈景强也是满脸堆笑地点了点头。

林凤山就冲我身边的两个人招呼道：“先把他带走。”

我刚被身边的两个中山服带着要走，李师长又突然问道：“请教林特派员从哪里赶过来的？您这文件应该是省里的，闽州离这里开车也要不少时间吧？”

林凤山身子顿了顿，说：“对，连夜过来的。”

李师长又笑了笑，说：“刚才我看了眼文件，落款可是今天，真是辛苦你们了。”

林凤山转过身来，又看着李师长：“李师长，你好像还有什么疑问？”

李师长连忙说：“没有，没有，我是想大家辛苦，要不去我那里小坐一会儿，喝两杯茶休息一下？”

林凤山笑了笑，说：“现在不用了。我们已有安排，改天会抽空去专程拜访。”

李师长说：“那好，那好。那我也不远送了。”

林凤山点了点头，头也不回地走了。

我被很客气地请上了林凤山的小轿车，这还是我生平第一次坐轿车，刚才一次鬼门关上的游荡，坐在软软的车里，如同隔世。

林凤山坐在我的旁边，两部轿车一溜烟地开出去了。

我没有敢说话，最近的事情透着一阵阵古怪，我这样的一个小人物，居然还成了他们的争夺对象？

林凤山一路上也是一言不发，只是在催促着司机尽快开车，好像在躲避着什么。

车开出去一个多小时，终于即将离开南海。整个南海其实是一个大大的岛，出南海的唯一一条陆路就是北边的狭长的通道，因为备战，这条通道还经过了数次人工填海。

我们是从最南端的海边出发，弯弯曲曲地到最北边，还要穿过市区。而李师长他们的驻地则在南海的东边，从位置上近了很多。

林凤山一路催促着，两部轿车一前一后几乎在路上飞驰，但是在接近南海出口的时候，还是慢了下来。林凤山一看前方，就嚷道："李国彪这个老狐狸，果然封路了！"

我看了看林凤山，林凤山对我说："没关系！已经有安排了！你放心！"

我连忙应了一声，这个林凤山对我好像特别的关心。

开车的司机说："要闯过去吗？"

林凤山说："不用了，硬闯不可能过去，反而让他抓到了把柄。现在就掉头。"

说完就从腰下掏出一个亮晶晶的小机器，在上面按了几下，这个小机器我从来都没有见过，看上去精致小巧。

然后林凤山就把机器贴在耳边，说："杨七良，听到没有？"

我心中又升起一个念头，林凤山他们不会也是幻城特务吧？

林凤山应该是在和别人对话，好像一问一答地说着："杨七良，立即准备船。"

"对，到小离浦那边。"

"给陈景强打电话，让他配合一下。"

"好，注意安全。和上头联系。再把瓦格列调过来一只。"

"就这样。"

然后林凤山冲着我笑了一下，又将这小机器收到了腰下。

这些话听得我一头雾水，怎么好像这些人行动诡秘，要和李师长对着干一般？而且，陈景强居然和他们是一伙的。而李师长明明送我们走的时候，还是客客气气的，怎么又被林凤山骂为老狐狸了呢，难道李师长调查到了什么？

掉头开了没有多久，林凤山又把这个小机器掏了出来，按了几下，又开始与人对话。这次居然是陈景强。

“陈景强吗？嗯，你到了？”

“和上面联系了吗？怎么回事？”

“李国彪给省里军机电报处打过电话？这老狐狸。”

“赵雅君在我身边。”

“你叫你的人尽快到那边去。”

“对，把路堵一下，干扰一下，拖点时间。”

“燕北安排了吗？马上电报到？好的，好的。”

“李国彪已经电报到燕北了？”

“好的，是够麻烦的。”

“好的，再联系。”

林凤山眉头皱了起来，似乎现在的情况不是很妙。

我紧张地看着林凤山，林凤山察觉到了，扭过头对我说：“赵雅君，你是被抢下来的，所以，时间上的问题让李国彪找到了漏洞。我们不可能在两个小时内从闽州赶到南海来，你以后可能也要对付李国彪这个人，不管今天会发生什么，你要记住，以后看到有人给你出示这个标志，就是你的朋友，你可以信任他。”

然后林凤山把左手伸出来，将手掌对着我，手心中居然慢慢呈现了一个红色的火焰标志，并发出了淡淡的红光，然后就迅速地暗淡下去，消失了。

我的眼睛都瞪圆了，简直像看魔术一般。林凤山他们到底是什么人，难道他们是我的朋友吗？我又想起徐德有跟我说燕北有一个巨大的组织，有和政府抗衡的能力，难道说，他们就是这个组织的人？

车的速度慢慢地又降了下来，从车窗望出去，前方已经密密麻麻地站了不少的民兵，一大群小虾兵正在和这些民兵对阵，不停地叫骂着，而民兵只是举着枪，并不争吵。看得出来，这些小虾兵应该是刚赶到不久的，还有人正在向队伍中奔跑着。不过，这些小虾兵一时也不敢直接和荷枪实弹的民兵冲突。

林凤山吩咐司机："从小路钻过去！"

汽车一阵轰鸣，钻进了大路旁的羊肠小路。

没有开出多久，汽车又停下了，前方不知道怎么冒出来很多民兵，已经团团地把车包围住了。汽车并没有熄火，几个民兵已经快步地端着枪，向我们跑了过来。一个民兵拍打着车窗，吼着："都给我下来！快！老实点！"

我们被请回了李国彪的军营，他们又毫不客气地把我单独关押在牢房，再没有看到林凤山。

而到了黄昏的时候，我又被押上了汽车，开出了军事大院。一路颠颠簸簸地开了两三个小时，离开了南海，又开了一个多小时，才看到黑乎乎的路边露出了一丝灯光。

车驶近了这个灯光，我被带了下来，眼前应该是一座巨大的监狱，黑乎乎的，高高的围墙，只有门口亮着一盏灯。

而在这座监狱巨大铁门的顶上，挂着一个白色的大牌子，却写着：703 研究院。

十二　703“监狱”

我被两个如同牛头马面的穿深灰色制服的人押着登记以后，换上了像囚服一样的衣服，并领了一些用品，那些带我来的民兵就头也不回地走了。这里明明就是一座监狱的样子，我真不明白为什么要叫 703 研究所。

身后的铁门吱吱呀呀地关上了，我不禁一阵心酸，回头望去，黑漆漆的铁门没有一点生机和光亮地紧闭了起来。

我木然地跟着两个灰制服向前走去，我从来没有想到会成为一名“罪犯”，也不知道犯了什么罪。

跟着这两个看守走到了空地旁边的一间平房，上面写着第五监舍，并在旁边悬挂着亮着微弱灯光的灯。而在灯下面，是一扇黑乎乎的铁门。

看守把铁门敲了敲，说：“新犯人。”那铁门很快地打开了，发出了刺耳的咯吱声。一个个子高大、满脸横肉的看守带着我们向里走去，没走几步，就又是一个铁门，他把门打开，两个看守则带着我走在了前面。

这是一个长长的走廊，亮着昏暗的灯关，走廊两侧则都是一间间的牢房。

看守停在编号为511的房间门口，高大的看守走上前来，把房间门打开，一进去就吼道：“都滚起来！立正！”一群人就如同触电一样拼命地爬了起来。这个房间是一个上下铺，从床上床下一共跳下来大大小小的七个人，有的只穿着内裤，一下来就整整齐齐排成两队，光着脚，一边站四个一边站三个，笔直地立正着。

带我进来的一个看守走进去，说：“稍息。”这群人才身体稍微放松了一点。

这个看守说道：“孙贵！”一个头光光的、中等身材，但是看着很结实的男人喝了一声：“到！”机械地迈出一大步，站了出来。

这个看守说：“这是你们的新舍友，叫赵雅君。你要做好新舍友的管理。明白了吗？”

这个叫孙贵的男人大声地喝道：“是！明白了！”

看守说：“归队！”

孙贵又机械地喝了一声：“是！”退了一大步，又老老实实地站回到队伍中。

看守对我说：“赵雅君，孙贵是舍长，你要服从管理。”

我怯怯地点了点头，这个看守就转身出去了。

那个高大的看守站在门口骂道："晚上给我动静小点！"

孙贵又喝了一声："是！"

随后，牢门被重重地关上，咔拉咔拉地落了锁。

孙贵说："去那张床待着。"

我就慢慢地走过去，坐在里头的一张床上。

孙贵坐在我对面的床上，其他几个人则围坐在周围。

孙贵说："赵雅君吧，跟你讲点规矩。"

我点点头。孙贵说："这个房间，我是老大，你以后什么事情都要老老实实听我招呼。"

我点点头。孙贵又说："第二，你不要想着寻死，死也不能死在这个房间。发现你寻死，我就让你求生不得、求死不成。"

孙贵接着说："你来了这里，大家就是你的兄弟，在外面什么事情都给我忍着，要不会连累兄弟们。"

我还是点点头。

孙贵问："你犯的什么罪？"

我抬起头，看着孙贵，说："我也不知道。"

旁边一个人说："哦？和我一样！"

孙贵呸了那个人一口："废话！到这里的人谁知道自己到底是什么罪？"

我问道："大家都是和我一样吗？"

孙头旁边的那个人说："他不是的，他是流氓罪。"

孙贵骂道："放你的狗屎屁！老子喜欢一个姑娘，谁料到这姑娘不喜欢我，老子一冲动砸了几个老大的像，就被弄进来了。这也叫流氓罪？"

我突然觉得这个孙贵尽管看上去凶神恶煞的，但是还算比较耿直的。

孙贵说：“你大概是怎么回事？”

我说：“我认识了一个民兵头头，不过这个人好像犯了什么错误，我最后见了他一面，他就被抓了，结果我就进来了。”

孙贵旁边那个话很多的小个子又叫了起来：“哈哈，和老谢差不多。我告诉你啊，你这是间谍罪。”

躺在对面上铺的一个男人沉声说：“谁是间谍罪？猴子你别乱说。”

这个说话的男人就应该是老谢，而一直喋喋不休的小个子男人应该就是猴子。

猴子又嚷道：“老谢，你翻不了身的！”

我插了一句嘴，问孙贵：“请问这里到底是监狱还是什么研究所？”

孙贵嘿嘿两声，说：“鬼知道，我以前也没有坐过牢，不过这里就是监狱，比监狱还监狱！”

话音刚落，牢门被咚咚咚砸得乱响，一个人吼道：“闹完了就给我安静！再听到一句废话全寝室举哑铃！”所有人嗖嗖嗖嗖地蹿起来，爬上了自己的床，没人再敢吭声了。

我则一个人傻乎乎地坐在床边，不知道如何是好。

而脚步声逐渐远去了，孙贵侧过脸来对我低声说：“你快睡！别说话了！”

一丝月光从墙壁最上端的豆腐块大小的窗户中射进来，照着这个牢房，七张床上的人已经完全地安静了下来，好像刚才的一切都没有发生过。我默默地坐了一会儿，也慢慢地躺下来，这张床上已经准备好了被子，似乎是已经安排好了的。

我没有脱衣服，就这样把被子盖在身上，居然沉沉地睡了过去。

又是一个梦开始了。

我又来到了昨天晚上的那个巨大的山洞里，又变成了另外一个人，如果没有错的话，感觉我还是变成了那个头发灰白的老头。

这次，我正站在一个慢慢旋转的巨大的鸭蛋旁边，旁边还站着一个人，我清楚地知道，这个男人的名字叫陆一成。

因为我正在说："陆一成，林凤山怎么样了？"

陆一成说："还被拘押着，但是一切都好。"

我说："张一桥那边还没有办好吗？"

陆一成说："差不多了，不过南海的李国彪的电报连上边也知道了。"

我说："哦，那是要麻烦点。先压一压，人活着就好。"

陆一成说："他现在在南海的 703 监狱。"

我说："嗯，秘密监狱嘛。A 大队还是有一套的。把漏洞先都堵上，把 A 大队的视线转移到张一桥他们那里去。"

陆一成说："5 局需要出面吗？"

我说："必要的时候打 BOG 报告给他们。把赵雅君的情况全部封锁掉。"

陆一成说："但是，2 局好像已经有点察觉赵雅君有 RHC 波异常状况呢。"

我说："2 局真是麻烦。我来处理 2 局给总局的报告吧，还能让 2 局又 OTT 了不成。"

陆一成说："好的，那我先走了。"

我说："好。"

陆一成就一个转身，不紧不慢地走开了。

这种感觉好像亲身经历一般，字字句句都好像我自己说的，但是，我仿佛并没有什么主动思维的能力。

而现在的我则抚摸起那个鸭蛋来，手一触摸上，鸭蛋就顺着手的移动淡淡地发出蓝光，而我摸了一会儿突然停了下来。

接下来我赵雅君的形象又慢慢地升起在眼前，我居然问道："赵雅君，你又来了？"

而这个时候，我感觉到我似乎分裂开了，我是我，他是他。但是我什么都说不出来，只是一切就好像自己人格分裂成了两个一样。

这次，"我"没有说话，而是一段一段地给我输入一种思维。

"这是你睡眠状态中的无意识波动。这和你自己的觉醒有关系。"

"我知道你不能说话，但是我说的你都能听见。"

"你肯定想知道我是谁？"

"我是一个世界性组织神山中国区 3 局的主脑，领导人。"

"你注定会成为神山的一员，所以，我们在保护你。"

"你的这种特异的能力，不要对任何人再次谈起，哪怕是手心中有红色火焰标志的人。除非你碰到我，否则会有生命危险。"

"你从小就被注定，将不属于你看到的世界，所以，你唯一的归宿是我这里。你可以完全地确信这一点。"

"你不是人，你是一种独特的生命，我也和你一样，你暂时可以叫自己是太岁人。你有很多很多你没有发现的同类存在。你并不孤独，不过，你要来到我这里，才能发现这一切。”

“历史将给你一个使命，你就是这个使命的继承者，你要面对这个使命，让你和你的族群正常地存在于这个世界。”

“一切的一切，都在你和我见面后，经历一次考验就全部会明白。现在，你要做的就是活下去，并守口如瓶。”

“也许，这是你最后一次和我在你的睡梦中相见，因为你的这种睡梦中的无意识行为是一种天性，但是却非常的危险，有人会因为发现你具有了这种能力而销毁你。”

“所以，我可能会暂时封锁住你的这种能力，为了你的安全。”

“我在必要的时候，会重新开启你的这种能力，让你能够在睡梦中找到我。”

“但是你能否找到我，就要看你的造化了。”

“时间已经很长了，很危险，我现在会让你退回去。记住我说的话。”

然后，突然一种巨大的压力袭来，我眼前再没有任何的景象，只有一片又一片五颜六色的闪光在我眼前晃来晃去，接着是一阵眩晕，好像从极高的空中掉落下来。而我觉得有种什么力量注入了脑中。在我即将要掉落到地面的时候，我“啊”的一声惨叫，惊醒了。

我大汗淋漓地坐起来，使劲地喘着气。

刚才的一切亦真亦幻，不过却字字句句好像刻在我脑中。我的头很疼，好像被大棒不断地敲击过。脖子后面的几根筋拼命地拉着我的大脑，更是难受到了极点。

我摸了摸后脖子，一根巨大的青筋好像在激烈地跳动着，使劲按了按，这根青筋似乎就沉入了我的体内，消失了，而剧烈的头疼也慢慢地好转了起来。

这个灰白头发的老者的形象也深深地刻在我的脑中，我无法说出这到底是怎么回事，我只是知道，我可能就是如同灰白头发老者所说的——不是人，是太岁人。

房间里几个人因为我的大叫，在床上翻动了几下，继续沉沉地睡着，而我再也没有一点睡意，只是靠着墙，将刚才梦中的景象回忆了一遍又一遍。

在那个豆腐大的窗口发白的时候，巨大的喇叭声响了起来。

走廊里也传来了粗暴的吼声以及沉重地敲打铁门的声音："都给我滚起来！"

十三　大家都是兄弟

随着看守的吼声响起，很快我们房间的门也被沉重而剧烈敲击了几下，发出难听的砰砰声。我还没有动，孙贵已经一个翻身坐了起来，边拉扯着穿衣服边嚷嚷着："快起来，快！"

早晨的洗漱如同打仗一样，我好不容易才算跟得上大家的速度。等回到牢房，孙贵才开始给我介绍相关的人。

孙贵说道："既然是兄弟，我就给你介绍一下。我叫孙贵，大家叫我孙头。"然后指着昨天晚上喜欢开玩笑的那个瘦小的男人说："他叫裘小生，猴子。"猴子就冲我呲了下牙。

孙贵接着介绍下去，我才弄明白，那个老谢真名叫谢长渊，睡我上铺的林虎外号是小虎，睡老谢下铺的那个大红鼻子男人名字是张富强，外号叫蒜头，倒也符合了他的鼻子形象。

隔壁上下铺，那个矮墩墩的胖子叫吴光业，外号就叫吴胖子，睡下铺；另一个麻秆一样的光头叫张本荣，外号叫长腿。

除了老谢和小虎以外，其他三个人都是冲我毫无表情地瞟了一眼，也不说话。

我对大家说："请大家多多关照。"然后我犹豫了一下，还是问孙贵："孙头，这里是哪里？"

孙贵皱了皱眉："鬼知道这里是哪里，荒山野岭的。在外面根本就见不到什么人。"

见他并不拒绝我的问话，我赶忙又问道："孙头，那这里都关着什么人？"

孙贵抓了抓头，说："嘿嘿，我也不知道都是什么人，我进来只不过两年。"然后他好像突然想到了什么，转头问缩在床边看书的老谢："老谢，你学问大，你说吧。"

老谢抬起头，竟然呵呵笑了两声，看着我说："赵雅君，你这个人绝对不简单，难道你自己猜不出来吗？"

刚说到这里，大家的谈话又被敲门声打断了，牢房的小窗又拉开了，一个人打量了一眼，所有人一言不发。门于是跟着被打开了，看守走了进来。

孙贵又是机械般地指挥大家立正。看守才命令道："去广场集合。"

巨大的操场上，泥泞不堪，好像一口巨大的干枯的井，我们这些井底之蛙就老老实实地集合在相对比较干燥的一块地方。

如果没有看错的话，我们这个 5 监舍的人集合成一个方队，两边顺次是 1、2、3、4、6 几个监舍的人。每个监舍有一百多人，都穿着统一的我这样的发灰的囚服。每个方队的前面，都站着两个同样穿着囚服的人，看上去气色不错。

而在整个队伍的旁边，却有另外两支穿着浅蓝色囚服的队伍，里面的一些人看着年纪都很大，几乎没有年轻人。他们有的昂着头，有的则深深地低着头，几个人还在旁边的人的搀扶下站立着。

所有人都一样，无人例外地，每个人手中都拿着一个饭盒。

而我们围绕着的，是一个破旧的主席台，几个看守正站在上面，围着一个看似官员、穿着笔挺的人。

在我们队伍的外围，则是一圈手持机枪的人。

所有人鸦雀无声，没有人说话，只有轻微的咳嗽声。

主席台上一个看守站出来，环视了一下下面的人，大声地喊道："请所长讲话。"

……

所长如同念咒一般毫无生气的话讲完之后，就是一个监舍一个监舍地排队去打饭，也就是一碗见不到米的稀粥、两个硬馒头和一小筷子的咸菜。然后就是分监区，所有人蹲在地上，一起吃饭。同样，还是有人持枪监视着。

我紧紧地靠着老谢，吃了一个馒头以后怎么也吃不下了，看老谢也是吃了一个，若有所思地慢慢咀嚼另外一个馒头。我低声问老谢："蓝衣服的是什么人？"老谢没有抬头，甚至没有转过脸来，只是低低地说："重刑犯。"我又问道："什么罪？"老谢说："不知道。"我继续问："真的永远出不去吗？"老谢说："不知道。"我还想说话，就听到一声吼："讲什么呢！"我略一抬头，看到是刚才站在队伍最前面的一个犯人在指着我这边骂，知道他可能是5监舍的舍长之类的人，赶快不吭声了。

猴子在我身后侧面，稍微等了一会儿低低地说："那是黄毛，副舍长，千万别惹他。"

早餐没多久就结束了，所有人又分监舍和房间号，不管吃没有吃完，都把饭盒收起来放在一大排铁架子上。

随后，我们就被带到后面的几个巨大的厂房一样的房间里面，一进去就看到厂房四周围着一圈一圈的半圆形金属环，在房间正中则有几十个机床一样的大铁床。

猴子在我身后低声念叨着："真倒霉，今天干这个。"

这个工作是异常枯燥而且吃力的，要用砂纸不断地摩擦金属环内外壁，直到光可鉴人。我由于完不成，错过了中午吃饭，直到晚上整个车间最后只剩下我一个人，还没有完成任务。

这让那个叫黄毛的舍长看我非常不顺眼，而我因为干得心浮气躁，一天都没有吃东西，所以不知好歹地顶了黄毛两句，被黄毛他们不由分说地上来一顿暴打。

我被他们从地上拖起来，鼻血长流，被打得全身一点力气都没有。

黄毛看我还没有死，也没有昏，把我的嘴一捏，骂道："记住啊，小子，这里，除了看守，我就是老大，我的话就是王法。"

他的话刚说完，后面就传来几声咳嗽声，那门口的两个看守又转进来了。黄毛把手松开，回过头冲这两个看守鞠了一躬，说："报告！替政府管教了一下这个顽固分子！"一个看守挥了挥手："走吧，走吧。"

我被这几个犯人拖着回到了5监舍，看门的看守好像没有看到我似的，把门打开，让他们拖着我进去，并在前面带路，打开了511的牢门。

我则被他们一甩摔在地上，如同一个麻袋一般，随后他们退了出去，牢门也被重新锁上了。

我知道孙贵他们围了上来，把我扶起来，拍了拍身上的灰，把我弄到床上躺着，还帮我擦掉了鼻子下的血迹。

猴子问我："姓赵的，还好吗？"

我挣扎着笑了笑："还死不了。"

孙贵说："本来晚上想揍你一顿，让你懂些事，现在我也不想打你了。"

我说："孙头，你别客气，该打的还是打。"

孙贵"哎"了一声，说："我真不知道你为什么要和黄毛犯浑。他在这里，打死人都没事。"

我说："死了不是挺好。"

猴子说："死在黄毛这孙子手上，说什么也不好啊。"

我点点头，闭上眼睛，不再说话。

就听见林虎说："总有一天，我要暴打这孙子一顿。"

长腿插上一句："妈妈的！"

老谢说："算了，现在惹不起，总躲得起的。"

吴胖子絮絮叨叨起来："是啊，是啊，听说黄毛的老爸原来是监狱长的老战友，尽管在这里也讨不到什么好，但是作威作福的，我看哪，就他最坏了。"

蒜头"哼"了一声："同样是坐牢的，差别怎么就这么大呢！"

我调整了一下呼吸，让自己平静了一些，体内的疼痛就慢慢地好了一些。我慢慢地撑着自己的身体要坐起来，林虎赶忙把我扶着，说：“你别动了。”

我挣扎了一下，还是坐了起来，伸出手摸了摸自己的头：“还好，还能缓过劲。”

孙贵似乎有点吃惊，说：“你还说没事？你感觉一下你身上，有什么地方断了没有？”

我勉强地笑了笑，说：“真的没事。睡一觉就好了。”

猴子嚷道：“你不会是传说中的沙包人吧？”

吴胖子赶快跟风，这家伙似乎是个八卦的高手，也不知道他怎么听来的这么多传闻：“是啊，是啊，我听说我们这个监狱有好几个沙包人呢！就是无论怎么挨打，总是过几天就好了，那些 8、9 监舍里面的就有好几个。”

长腿骂道：“妈妈的！”

蒜头又语出惊人似的总结：“不知道这是幸运还是不幸！”

老谢却走过来，手里端着自己的饭盒，说：“赵雅君，一天没吃东西，又挨了打，我这里留了点吃的，你凑合着吃点吧。”

老谢这么一说，我还真的有点饿得难受了，我看着老谢，心中的感谢千言万语，说：“谢谢了。”

老谢靠过来，林虎则把我扶起来一点，老谢慢慢把饭盒倾斜着，让我喝到了里面的菜汤，尽管已经凉了。

我喝了一口，胃口大开，伸出一只手扶着饭盒，又大口地喝了两口，老谢说：“慢点。”

的确，老谢留给我的菜汤并不多，估计也是他从牙缝中挤出来的，不仅如此，老谢居然还留给我一个馒头，撕碎了给我丢到菜汤中泡着吃。

我狼吞虎咽地吃着，一会儿工夫就消灭得一干二净。老谢说："可惜就这么点。"

我很感激地看着老谢，说："谢谢啊，我吃饱了。"

林虎则轻轻地叹了口气，大家谁都没有说话，连猴子也一言不发。

我知道可能是老谢的举动让大家觉得很尴尬，我并没有觉得他们有什么不对，反而他们的沉默让我觉得难过起来，我赶忙说："让大家操心了，我以后一定不给大家拖后腿。"

孙贵闷声说："别、别说了，大家都是兄弟……"

窗外打了几声闷雷，似乎下起了雨，冬天还没有过去，这场冬雨也是格外的冰冷……

十四 夜审的传说

这一夜就这样悄悄地过去，整个夜晚窗外都传来低沉的雷声，以及淅淅沥沥的雨声。我来这里只是一天，却好像度过了整整一年。我躺在床上半天无法睡着，回想着今天发生的一切。

这个世界，我以前知道的并不多，不过在短短一年中，我已经完全从以前的生活跳入了一个我从来不敢现象的世界中。斗争、隐瞒、罪恶、暴力、恐吓、神秘等似乎一下子从身边跳了出来。我接触到了如此多的五光十色的人，也是大大地超出了我对周围人的认识。这个世界绝对不简单，在你揭开了这个世界的幕布之后，才发现自己只是在舞台上受人控制的牵线木偶而已，连说话的权利都不是自己的。

这是一个泥潭，你一旦陷入，就不要挣扎，如果挣扎，只会让你沉没得更快。个人力量如此的渺小，甚至根本想不通你到底身处何处。

自从来到这里，以前一直存在的监视感也消失了，换来的是一种包裹着全身的压迫感，如同一只被密闭在塑料袋中的蝴蝶，连扑动自己翅膀也是如此的困难。

一个没有梦的晚上。

往后的日子，千篇一律，毫无新奇之处。每天早上机械人一样地洗漱、听训话，机械性地劳动，用吃不出滋味的饭菜来填饱自己的肚皮。大家每天唯一能够说话的时间就是早晨洗漱完毕之后的半个小时，和晚上收工后回到牢房的一个小时。

几乎每天早上都有人自杀，自杀最多的是穿浅蓝色囚服的那些人，尽管一人自杀，全室受罚，而且惩罚的手段是五花八门的，但是却并没有制止住每天都有人自杀的行为。

511 牢房的八个人，除了孙贵明确地说过自己的“罪行”以外，其他人都是忌讳颇深，都是含含糊糊地一两句带过，不过，我也和他们一样，连自己的身份背景都不愿意说得很清楚。

而且，通过每天两次的沟通，我发现这个牢房里面的人都不简单，当然孙贵除外。

那个光头的长腿，尽管从来只是说“妈妈的”这三个字，但是他的行为举止透着一股子文化的味道，这是装不出来的。蒜头这个看似平常的男人，总是语不惊人誓不休，话不多，但是每说一句，都是十分深刻的，有的话我一时都不能理解。吴胖子属于那种碰上感兴趣的话题就说个没完，不感兴趣的就一个字都不说，而且如果说开心了，就能够引经据典地扯上一大通历史故事，有的故事我根本是从未听说过。

由于老谢照顾过我，所以我对他是又尊敬，又感激。但是老谢从来不主动说话，只是大家说话的时候，有事没事地插上两句嘴。

猴子尽管天天属于没话找话的那种，看着好像没有什么不开心的时候，但是相处时间长了，就知道猴子其实心里一直很沉重，他在夜深人静的时候会轻轻地叹息，甚至还会被噩梦惊醒。猴子透露过，他曾经是一个演员，也就仅此而已了。

林虎年纪很轻，看着肌肉发达，其实相当的聪明，他干活从来不靠自己的蛮力，而是不断地寻找着各种窍门，能够省时又省力。林虎和我说话最多，也许是他也来了没有多久的原因，而且我俩也比较谈得来，我只是比他大三四岁，不像看起来最年轻的猴子，其实都是往三十岁上靠的男人了，孙贵则是三十二了。

而老谢，应该是这里年纪最大的。

当然，我也有了一个外号，叫白皮。

大家对我的新鲜感一过去，很快我的存在已经是一件如同吃饭睡觉一样平常的事情，没有人会刻意地再观察和询问我什么。

擦金属环的工作持续了一个星期就结束了，黄毛可能是痛扁了我的原因，倒没有继续故意刁难我，我也很识时务，尽管不乐意，还是强忍着在黄毛验工的时候多说几句恭维的话。也许监狱是个打磨人棱角的地方，处世圆滑些，不要太张扬，别管心里骂娘，嘴巴上和脸上一定要表现得毕恭毕敬，接受管理才是上策。

磨完金属环，迎来的是外出做苦力，搬运和挖掘石头山巨大的石块，相反这让大家比较开心。由于在研究所外面，干活也是叮叮当当的，吴胖子四下“串门”，好像是收集情报一般。能在外面透透气，真是不错，甚至可以闻着吹过来的海腥味，幻想一下自由。

不过，这里看不到海，只有石头，但是大海应该离这里不远。我长年生活在海边，天生就有一种判断大海的方向和距离的能力。

当然，到研究所外面劳动，逃跑的事情是难免的。不过这些看守也是相当的有经验，每个牢房的舍长负责监督本舍犯人的行动，如果有人逃跑本舍的人没有发现，是要受连带处罚的。所以，一有人失踪，很快就有人汇报，然后就是抓捕，枪声大作，放狗追赶。那些狗也不知道是什么品种，除了对看守好以外，见到我们都是狂吠不已，叫声恐怖。

被抓回来的人一般死不了，但是活罪难逃，那恐怖的样子让人不得不牢牢地压抑住逃狱的心思。

就这样，我来这里“服刑”有两个星期了，好像外面的世界已经把我遗忘了。我曾经幻想过林凤山的特派调查组把我提走，还幻想着李师长来抓我，陈景强来搭救我，但是在时间的消逝中，我慢慢死了心。

我曾经以为这里的看守要审问我，但是没有看守会来找我说话，甚至不会正视我一眼，也没有什么政策教育，连狱长的讲话每天几乎都是一模一样的。

这让我觉得没有任何的希望，看不到未来。

我经常难受地想干脆承认我是特务好了，哪怕挨个枪子也比过这无边无际的日子要痛快啊，不过，就算我想承认，也没有这个机会。

不过，大家都一样。这是唯一让你觉得平衡的地方。

这样的机械一样的牢狱生活又过去了一个月，我也变得和 511

的其他人一样，除了在牢房里大家还说几句话，在外面基本上面无表情，一言不发，不抱什么希望，也没有精力去为自己的未来幻想。

这段时间，林虎和我的关系越来越好，他不叫我白皮，叫我白哥，但是在两人说话的时候，躲着孙贵。而林虎也渐渐透露了一些他的背景，林虎出生在民兵世家，从小和父亲习武，所以体格健壮，但是林虎的父亲不知道为什么，被带走审查，再没有回来。林虎仗着自己有些本事，居然半夜潜入军区大院的政委房间替他父亲抱不平，几句话不投机，动手打了这个政委，闯下了大祸。而且更严重的是，林虎被抓到的时候说了一些不该说的话，他闭口不提自己到底说了什么话，然后转了几次监狱，终于弄到这个 703 研究所来了。

当然我也有所保留，但是尽量全面地说了我所犯的“罪行”。

我曾经在晚上尝试着去感应自己的同类，但是我的这个能力好像被封锁住了，也许是那个梦中的灰白头发的老头搞的鬼。不过，有一个能力我还保留着，就是接触到对方身体的时候，能够感觉到别人的想法，但是也不像以前那样特别的清晰了，需要刻意地集中精神。

但是不知道是不是大家都没有什么想法，我接触到的 511 的人脑袋里都是一些毫无新意的信息，无非是：累死了，也不给口水喝；好饿啊，这样的一些根本不动脑子的信息。我不能一直抓着对方不放手，如果能够一直抓着对方，可能能得到更多的信息。

不过我倒可以确认，林虎和我说的都是真的。

如果不是这个能力还保留着，我真的怀疑我曾经的那些感应都是自己的幻想，什么梦中的灰白头发的老头也都只是一个诡异的梦罢了。

我曾经以为703研究所就是这样而已，除了一群不知道自己罪行的犯人以外，也没有什么神秘的地方，直到有一天吴胖子胡说乱说的时候，才觉得703研究所还有些更神秘的事情。

吴胖子不知道是怎么提起来的，他说503的一个人前天晚上被夜审了，到现在还没有回来，估计是回不来了，和以前我们牢房的眼镜一样。这让我有了些兴趣，于是一直不间断地打听夜审的事情，从孙贵等人的只言片语，和一些不置可否的态度中，夜审我相信是703研究所真正的秘密所在。

至于这个夜审，大概是这么一回事：703研究所从来不审问犯人，但是却有一项神秘的夜审制度。如果某天晚上到凌晨的时候，牢房门被打开，有几个穿着白大褂的人把一个人带走，那么这个人就是被带去夜审了。夜审的结果有两种，一种是被夜审的人永远不会回来，谁都不知道是死了还是被放走了；一种是过了几天回来了，但是基本上处于半昏迷的痴呆状态，很长时间都不能恢复，而且他自己也不知道那几天发生了什么。511以前睡我这个床的人叫眼镜，他在我被关进来之前的一个多月被带走夜审了，再也没有回来。有可能长腿是经历过夜审的人，因为长腿据说是从其他牢房转过来的，刚过来的时候人基本上就是傻子一样。也有可能老谢是经历过夜审的，他是511最早的房客，所以老谢绝不提夜审，而且听到“夜审”两个字的时候神情都很古怪，很不正常。

对于夜审，511的几个人有不同的态度，孙贵、猴子、吴胖子、蒜头是属于希望自己被夜审的，而老谢、长腿、林虎是不希望自己被夜审的。孙贵他们认为不管怎么着，总是一个唯一的希望，就算是死了也知道自己是怎么死的，而老谢、长腿不会说什么，只是林虎不希望自己被夜审，认为这个玩意太可怕，别搞得自己生不生死不死的，太不痛快了。

而我对夜审有种莫名的期待，是站在孙贵这边的，因为我已经知道了太多我不敢想象的事情，多一个夜审又如何呢？

不过大家谈论起夜审来的时候，却都感觉心里在害怕，为什么选择凌晨刚过的时候，又为什么不是看守，而是白大褂来把人带走？这些白大褂的样子，没有人说得清楚，有人说看不见脸，也有人说根本就没有脸。而且，当人被带走的时候，所有人似乎并不清醒，没有人下床立正，好像一切都是梦幻般，直到早上醒来，发现的确有人不见了，才知道昨晚的梦幻是真实的。

夜审随时都会出现，谁也不知道一天晚上，有多少人被带走去夜审了。

这种恐怖是摸不着的恐怖，就好像在漆黑的房间中，突然有人无声无息地从你身后掐住你的脖子一般。

也许，这才是 703 研究所最神秘和恐怖的地方。

十五　纠缠的秘密

在了解了夜审之后，我开始有了一种莫名其妙的期待，对于近乎枯燥到了极点的监狱生活，夜审也许是一个机会。

不过期待是没有用的，谁也不知道夜审什么时候会降临到自己身上。

511 监舍的对话越来越少，可能是我已经融入了这个集体，大家对我也没有什么兴趣的原因。而且，没有人知道应该谈论些什么。

在平时枯燥的生活中，703 研究所也有一些比较独特的地方。首先是对疾病的控制，孙贵要对所有人的健康状况负责，有人生病的话是一定要治疗的。这可能也是为什么牢房中厕所是冲水的原因。每个人两天需要洗澡一次，洗澡更像是一种体罚，看守拿着大水管往我们身上冲水，冰冷得要命，我们还要用一种看守发的药水当肥皂来擦洗全身，这种药水抹在身体伤口处非常的疼痛，而且对其他肌肤也有刺痛感。

其次是饮食尽管简陋，但是却很干净，这甚至比以前前进大队的食堂更加卫生。据说有一个监舍的人专门负责洗菜这些事，如果看守发现有不干净的东西，那么这个监舍的一部分人是要受惩罚的。再就是703研究所的人员往来非常的复杂，经常会看到一些古怪的人监视着我们的劳动，但是从来不会看到一张脸孔经常出现。

至于703研究所的保卫工作，也是非常的严密，除了高高的围墙上的一人多高的电网，各个岗亭上也是架着数部黑黝黝的机枪，不过很明显很多枪口居然是对外的；外出劳作，回来要搜身，鞋子也必须脱掉检查，看守和各个监舍的舍长带着一些人来负责，非常仔细。

黄毛这个王八蛋就是负责搜查身体的，这让我倒发现了他的一个秘密，他是一个鸡奸犯。不知道为什么，他对我产生了浓厚的兴趣，利用一切机会对我进行骚扰。

我预感到黄毛已经在找机会向我"下手"了，我没有更好的办法，只好心中拿定了主意，如果黄毛要冒犯我，我就和他拼了。

机会很快就让他找到了，一次研究所内的劳动中，黄毛又是用各种理由来刁难我，让所有犯人都收工以后，我仍然没有完工，直到最后厂房中不知道怎么只有我一个人了，连站在门口警卫的看守都消失了。

我高度地警惕着，浑身的肌肉绷得很紧，黄毛带着几个人从我身后围了上来，我亦停下了手中的工作。

黄毛将我一拍："赵雅君，还没有完成？"

我肩膀一甩，将他手甩开："你要干什么？"

黄毛把脸凑过来，龇牙一乐，喷出满嘴的臭气："干什么？呵呵，你是想挨揍呢，还是轻松一点？"一说完，他身后那几个犯人就跟着嘿嘿地坏笑起来。

我转过身，说："你什么意思？"

黄毛手就又搭了上来，淫笑着："你如果乖乖地听话，我保证你以后不用这么辛苦。"说着手就重重地捏了起来。

我一下把黄毛的手挡开："你要干什么？"

黄毛看我似乎不识相，目光一下子凶狠起来："干什么？老子想干什么就干什么！"说完手一挥，他身后几个犯人就如狼似虎地冲上来，把我拧住，连拖带拉地把我往角落拖过去，也不知从哪里弄来一个布条，一下子把我嘴巴勒住，让我发不出声音。

尽管我劲也不小，但是毕竟双拳敌不过众手，就被拖到房间角落的一张桌子上面按住。

然后黄毛就来脱我的裤子，嘴里还嚷嚷着："小乖乖，老实点，很舒服的！"

我脑袋里嗡嗡乱响，羞耻感几乎让我发狂，拼命地挣扎着，但是这些人扣着我的关节，三四个人一起把我按着，丝毫动弹不得。

就在黄毛把我裤子解开要往下拉的时候，我喉咙中重重地嘶吼一声，突然感觉从脑中跳出一道电流，在身体里飞快地蹿来蹿去，肌肉一阵发麻，整个人的意识一下子就蒙了。然后，我知道我一下子甩开了按着我的人，随后好像发疯了一样，迅猛地攻击着黄毛他们，在我眼中，他们的动作好像一下子变得缓慢了起来，而我的拳头则快得像滚动的车轮。

他们惨号着，一个个被我打得鼻血横流，很快就一个一个地被击倒在地。我则又发狂一样对着倒在地上的黄毛连打带踹，刚开始黄毛还在抵挡，不过几下就再也不动了。

一个人惨叫着向厂房外面跑去，我也没有追赶，继续拼命地揍着黄毛，把他的脸几乎打得稀烂。

而耳边，也响起来看守的吼叫声和脚步声，我的身上、头上被警棍重重地击打着，我丝毫不让，继续砸向黄毛已经血肉模糊的脸。

直到一股强烈的电流涌进我的身体，跟着又是几次重重的电击，我才终于倒下不再动弹了。

这一切，好像并不受我自己意识的控制，我好像变了一个人，这个人在操纵着我的身体，和黄毛他们搏斗着，并把他们全部击溃。

等我恢复了自己的意识，黄毛七窍流血地躺在我身边不远处一动不动，整个脸稀烂，已经看不到五官轮廓了。我这才觉得自己似乎有些可怕，刚才自己好像一只充满了野性的猛兽。

黄毛死了，被我打死了。看守跑进来的也越来越多，我则被捆得像一个粽子一样被丢在地上，场面乱糟糟的，一个看守摸了摸黄毛的脖子，对其他看守摇了摇头，意思是他死了。而被我揍倒的其他犯人则满脸是血地被看守押到旁边蹲着，同样也被五花大绑起来。

我心中升起一阵快意，黄毛这个王八蛋，终于死在我的拳下！没想到杀掉一个人，心情这么好！尽管有些恐怖，但是我觉得很过瘾！很解恨！好像积聚多时的怒气因为黄毛的死掉一下子宣泄出来了！如果我现在能动，我还想杀了和黄毛一伙的几个人，甚至我想象着，我要把这里所有的人都干掉！这样我就自由了！

我不是人，我是太岁人！我只是用太岁人的身份杀掉了一个肮脏的人类！我这样想着，居然得意地笑了起来，这笑声就回荡在这个空旷的厂房中，和满地的鲜血形成了鲜明的对比。

我被捆得像个粽子一样，被丢到了 511 房间，所有人都是大惊失色。我一直没有停止过大笑。不知道为什么我杀了人，看守还要把我丢到 511 来。我满身都是黄毛脸上飞溅出来的血点，可能让我看起来很可怕。孙贵他们一直不敢接近我，直到看守吩咐了几声，把门关上，我渐渐停止了狂笑，他们才靠过来，把我放在床上。

我逐渐平静了下来，环视了一下，大家的眼神中流露出畏惧的神色。我说："我杀了黄毛。"

……

夜很深了，最后一遍熄灯号响过后，整个世界就迅速地安静了下来，窗外透进来一丝丝光亮，冰冷地射在房间正中。

没有人再说话，但是谁都没有睡着，在床上翻滚着，所有人都侧着脸牢牢地盯着门。门黑漆漆的，透不进一丝光亮。因为，在我说我杀了黄毛以后，大家认为夜审很可能降临在我的头上。

我被绑着靠在墙上，已经完全地冷静了下来，我很疲劳，肌肉开始酸痛，好像用了很大的劲造成的。

我回忆着打死黄毛的那一幕，那应该不是平时的我，有人说是愤怒冲昏了头脑，让我爆发了，但是我却觉得不是，那一幕是如此的清晰，每个细节都是如此的清晰。

当确定黄毛死了的时候，我那种轻松愉快的感觉也是如此强烈，我的确在战斗中开枪打死过人，但还是心中难受，但是这次杀人，却如同吃了一块爽口的糕点一般。

想着想着，精神却慢慢地模糊了，好像睡着了一般，眼前也亦真亦幻起来。

而这个时候，511 的房门轻轻地咔拉响了几下，慢慢地打开了。

几个白色的鬼魅一样的身影就闪了进来……

十六 只有听觉的旅程

尽管我眼睛睁着，但是却一点也看不清楚他们的样子，好像一切都是朦朦胧胧的，白衣服在黑暗的房间中显得刺眼，却又笼罩着一层白雾一样的光芒。

这些人一进来就径直向我走来，一个人靠近我的脸似乎摸了几下，但是我没有什么触觉，然后他们迅速地割断了我身上的绳索，将我架了起来。我脚如同踩着棉花似的，腾云驾雾一般被他们“托”了出去。

然后，我被带出了监舍，在偌大但是静悄悄的广场中站立了一会儿，另外几组人似乎从其他监舍钻了出来，也是架着人，有两个人好像穿着浅蓝色的囚服。我被蒙上眼罩，顿时什么都看不到了。

我知道我被带出了研究所，应该是坐上了飞机，飞了两个多小时，又从飞机上下来颠簸了一个多小时，又好像坐电梯似的升降了半天，才终于躺到了一张床上。

躺了一会儿，迷迷蒙蒙的感觉才算完全消退了下去，很快，就听到隔壁床上的人开始慢慢地喊了起来："放开我，这是哪里！放开我！"我没有想喊叫，只是也使劲地挣扎了几下，但是毫无挣脱的可能，从腰部，到手腕，都被紧紧地套着金属质感的环，被牢牢地固定在床上。

可能我发出的声音也比较大，隔壁床上的人就叫道："你是谁？"我猜想他可能在叫我，因为这个房间听不到其他人存在的声音。我答应了一句："5 监舍的！"隔壁的人又问道："你看得见吗？"我回答："看不到。我应该和你一样。"他顿了一顿："我是 8 监舍的。"我知道他应该是穿浅蓝囚服的，这还是第一次这么近和 8 监舍的人接触。

他又喊了起来："有人吗？这是哪里？有没有人？"他持续叫了一会儿，我说："应该没有人。"他回答："那怎么办？"我说："听天由命吧！"他沉默了一下，安静了下来。

没有多久，有一股淡淡的甜甜的气味飘了出来，闻起来很舒服，但是慢慢闻了几口之后，人又渐渐地迷糊了，最后好像沉沉地睡了过去。

我有所反应的时候，是因为一阵针刺的疼痛。我并不能动，感觉不到自己的身体，好像自己的意识脱离了身体，连整个脑袋都感觉不到了，但是却能听见并有疼痛感。我不知道我这是怎么了，我知道自己存在着，但是却好像失去了肉体。

我听到门打开的声音，几个人走了进来。

一个声音说："长老，已经准备好了。"

一个听起来很苍老的声音说："好。再检查一次。"

随后我的手臂上和脖子下面贴上了两块冰冷的金属，持续了一会儿之后离开了，一个声音说："都已经是深度的无意识状态。"

这个苍老的声音说："好。"似乎坐到了一个凳子上，说："说说703中的情况。"

一个人说："是！赵雅君在703，未检测到任何体波异常，但表现出超常的身体康复能力，昨日晚，和5监舍副舍长黄从从斗殴，以一人之力致伤六人，并将黄从从当场打死。由于始终未检测到体波异常，但是其身体和行为状况特殊，故临时决定送来接受瑜伽检测。"

苍老的声音说："做得很好，很有必要。"

一个人请示道："长老，从哪位开始？"

苍老的声音说："这边吧。"

我听到旁边传来机器低低的震动声，随后是一些嘀嘀作响的信号声和一些嘶啦嘶啦的电流声。这些人来来回回地走动着，并不时低声地交谈着，这种机器的响声持续了大约半个小时的时间，这些人的对话开始大声了起来。能够听得比较清楚的是以下这些，其他则是不知所以的对话，代号非常的多。

"D段正常。"

"E段开始出现3号波。"

"加强对G段的控制。"

"有反馈波指数，不断上升中。"

“G 段做反向脱离。”

“脑皮层记忆信号开始脱离。”

“优化一下，把杂波过滤。”

“开始光波能量输入，从 A 段 Z 组注入，速度 18，9，18，15。”

“是太岁！太岁！稳定住！”

“把波收拢！用 2 个剂量！”

“还很活跃！正在脱离脑信号！！”

那个苍老的声音也不时地掺杂进来。

“调整为 18，10，17，9。”

“锁定在 C 段 X 组，用麦点刺激。”

“是第二代的！小心！进度调整为亚兰级。”

“很好，继续。”

“注意 G 段波，抑制在 30 以下。”

这种乱七八糟、不明所以的“检测”又持续了两个小时，机器才慢慢地停止了震动，安静了下来。

一个人似乎很欣喜地汇报着：“长老，结果很好！太岁已经被固定了，呈独立态！”

苍老的声音说：“他的记忆呢？”

“已经同步脱出了，包括太岁影响的。”

苍老的声音说：“把他转入分离室。这个太岁是第二代的，不得有任何闪失，用光牵制容器先固定二十四小时。”

听得出来，这些人似乎很兴奋，诺诺连声，而旁边的可怜的人轰隆隆地似乎被推了出去。

这是我第一次听到有真实的人亲口说到“太岁”这个名词，从他们的反应来看，太岁似乎是人身体里的一个东西，而且还能够取出的。

一群人陆续出去以后，房间里还是留下了几个，那个苍老声音的人还在。

他们在对话。

一个人听起来很稳重的中年人说：“长老，第二代太岁还是和王太岁有很大差距吧？”

苍老的声音说：“差距只是一点半点的。”

“703 监狱里面一个王太岁都没有吗？这么多年了，王太岁的迹象也没有。”

“可能有，也可能没有。王太岁的检测方法我们已经丢失了上百年了，就算找回了，是否王太岁也已经是第二代了，我们不得而知，所以谈何容易啊。”

“深井的主脑都是王太岁吗？”

“是的，他们都穿越过奇点，也只有王太岁能够做到。如果我们得到了一个王太岁，让他穿越我们掌握的奇点，才有可能真正地和深井抗衡。”

“我总是很疑惑，为什么我们不能明明白白地和深井直接对抗呢？难道深井真的只能依靠王太岁才有战胜的可能吗？”

“呵呵，深井对这个世界控制的深度，已经超出了我们的想象。记得上次我和你说的话吗？”

“记得，你说，如果自我意识的根源都无法摆脱深井的控制，就没有绝对战胜的方法。”

“是的，佛家说，你为什么是你？我为什么是我？说话是谁？欲念是谁？贪嗔是谁？佛教也只是深井理念的一个分支而已，控制这些最根本的东西，就是深井的利害之处，现在，深井的能量还在积蓄着，大量地繁殖着太岁。每个成熟起来的太岁，都是深井的能量。”

“为什么是中国？”

“因为中国上千年的文化以及血统，让中国人成为最适合培植太岁的一种人。这既是中国人的幸运，又是中国人的悲哀。”

“深井最后是想控制所有生命吗？”

“我也不知道深井的最终目的，哪怕是从深井中脱离出来的我们的创始人，他们的一个主脑，也不明白深井的最终目的。也许，深井是想把这个世界变成一个巨大的蚂蚁窝，我们都只是蚂蚁，按照他们制定的命运来生活。”

“但是，这对深井有什么好处呢？”

“也许没有任何好处，也许有我们想象不到的好处。这可能也是深井的命运吧，将所有生命合并在一起，组成一个唯一的生命点。就好像宇宙，宇宙无限地扩张之后，最后却将一切又塌陷成一个点，然后再爆炸，再诞生。”

“我还是不太明白，深井这样做，可能他们也会最终灭亡，那他们为什么还要上千年不断地努力着，最终自我毁灭呢？”

“深井不可能不知道这点，也许他们相信自己最终能够改变命运，也许他们就是为了追求毁灭后的新生，所以，他们不断在控制着世界的发展。”

“您的意思是说，深井不断地试图掌握住世界平衡点的到来，以及促成世界平衡打破后，重新平衡后的格局，就是为了推动他们的目的？”

“我并不能确定这一点，作为你和我这样的个体来说，时间限制了我们的思维，我们都在追求自己可以想象到的未来，但是我们这个目的在深井眼中可能是毫无价值的。A 大队的目的在他们眼中更是毫无价值。所以，他们不和我们争夺这些东西，但是他们照样有可能毁灭我们，因为我们可能会干扰到他们。”

“呵呵，如果我们消灭了深井，那么，世界还是我们的。”

“郑将军，尽管你成为第一通道领袖的时间尚短，但是已经逐渐地赶超前任了。”

“谢谢长老夸奖，我一定会为了建立光明的国度，尽我所能的！”

苍老的声音呵呵地笑了起来，那个稳重的声音也呵呵地笑了起来。

笑了一会儿以后，那个稳重的声音说：“刚才瑜伽的结果，A 大队需要知道吗？”

“现在没必要让他们知道太多，现在 A 大队只是我们的棋子而已。他们只要知道有太岁存在，已经足够了。他们这些人，为了争一些可笑的权力，可能会在知道太多东西以后胡思乱想的。”

“那我明白怎么应付他们了。A 大队也真是可笑，好像我们是他们的天兵天将一样，对我们的事情进行严密的封锁，生怕别人知道，还成立一个 B 大队，专门对调查我们事情的人封口呢。”

“让他们闹吧。不必理会，他们倒是绝佳的为我们到处寻找太岁的工具。”

“我明白了，长老……嗯，这个人怎么处理？”

“等一下，等刚才发现的第二代太岁光封好了，再给他做瑜伽便是。好了，我们过去看一下光封的情况吧。这个人最多只是一个身体异能者，现在不用在他身上浪费时间。”

“是，长老！”

门被推开，两个人一前一后地离去了，房间里又只剩下我一个人静静地躺着。

刚才这两个人旁若无人的对话，我听得是云山雾罩的，什么深井、A 大队、王太岁、世界平衡、奇点、光明的国度，几乎不属于我知道的世界的东西。本来我以为我前段时间接触到的那些人物和事情已经足够骇人听闻了，岂料听这两人一讲，我以前的认识完全就是小巫见大巫，根本不值一提！

我自己努力地理了理刚才那些话的思路，但是还是茫然不知所以。只好这样意识和身体脱离状态，无奈地等待着他们的到来。

十七　回到 703

就这样静静地等待了几个小时，四周没有任何的声音，身体也感觉不到，好像消失了，但是又知道自己的意识还在，这让人觉得分外的压抑，无助的感觉。也许沉睡过去，倒轻松些。

终于，房门又推开了，一些人兴奋地说着什么走了进来，好像是获得了什么巨大的收获。然后一个人过来拨动了我一下，说："还很稳定。"

那个沉稳的声音说："补充 20% 的剂量。"

一个人说："需要对他完整地进行瑜伽吗？"

沉稳的声音说："刚才的提取尽管成功了，但是还是不要掉以轻心、忽略任何一个对象。做完整。"

“是！”

随后，我头顶上响起了机器的嗡嗡声，头被抬起来，套上了一个紧紧的硬硬的帽子一样的东西。衣服似乎也被解开，在一些部位似乎刺入了东西，有种发烫的光线照射在我的身上，随后就传来了跟刚才同样的电流刺啦刺啦的声音。我身体里感觉到一股一股的电流闪过，眼前金星乱冒。并且好像不断地有什么东西在向我的身体里注入，刺激着我的神经，所幸的是，一切都可以忍受。

不过，慢慢地，我开始感觉到我的一些记忆快速地在脑中闪过，这种闪过并不是我自发的，而是一种力量在扫描我的大脑一般，并将这些记忆提取出去，这让我有些慌乱，耳边也只有一些杂音，似乎是大喇叭坏掉发出的古怪的声音，这让我再也听不到其他别的声音。

而当我感觉到我幼时被人监视的记忆闪出的时候，我反倒一下子冷静了下来，我不能和刚才8监舍的人一样，他应该是我的同类，他身体里有太岁，而太岁被发现的结果，似乎是被解剖了，把太岁提取出来。我的潜意识告诉我，绝对不能让他们发现，这种抗拒感一产生，就让我坚决地和记忆被提取的力量对抗着。

不能被发现，绝对不能被发现，这就是我唯一的念头，这让我艰难地梳理着快速闪过的记忆，将和太岁有关的记忆强行地制止住。

不知道经过多长时间，这种压力一下子降低下来。

我也听到了外界的人的说话。

“放缓了吗？”

“现在是停止状态了。”

“这里几个异状波是怎么回事？”

“有点古怪。这种波好像从来没有出现过。是杂波吗？”

“要不要把长老叫过来看一下？”

“暂时不要，这个人肌肉和神经强度很高，青年时代受过一些刺激，可能是这个原因。”

“做D段的神经反射测试。”

“用茯苓敏吗？”

“对。”

我意识到他们可能发现了一些可疑的地方，这顿时让我紧张起来，我必须用什么办法来消除他们的这种猜疑。

正当考虑这个问题的时候，电流又涌进了我的身体，耳边的坏掉的大喇叭的声音再次响了起来。再也听不到所有人的声音。而这次，似乎并没有提取我的记忆，而是似乎在我的一些神经上注入了能量，这种能量牵引着，让我每隔两秒钟就感觉到一次我的身体的存在。

这种难受的感觉持续了七八分钟就停止了，在这期间我并没有想到任何办法来抗拒他们。随着感觉的消退，我慢慢地听到了那些人说的话。

“呵呵，这个人是很有趣。”

“只是身体异能者吗？”

“是，怪不得长老不来。”

那个沉稳的声音说：“这种人倒是A大队需要的人。登记一下吧。”

“不过，我觉得还是不太对呢。”

“哦？你怎么解释？”

"如果他属于神经反应波，但是出现的频率好像有些过分了，而且两个下陷波段中也总是有微小的浮动点。"

"我也看到了，但是这能说明什么问题呢？"

"我也不知道。"

"你不会认为他身体里有王太岁吧。"

"哦，不是。我们运气不会这么好。"

"我可以解释这些异常状况。"另一个人说。

"你说说看。"

"大家记得上个月的光储器试验吗？"

"哦！想起来了，用于人体的时候也是出现了这些细微的浮点。"

"这应该是光反应，不同人的承受力不同，临界处会有这些状况。"

"嗯！很对。那有解释了。"

"不过，好像还是……你们看……"刚才那个提出质疑的人又嚷着。

"小土，你没有参与上次的试验，不用争了。"

"但是……"

"好了，小土，你每次都这样疑神疑鬼又没有任何解释，就不太好了。"

沉稳的声音打断了他们的说话："不用争论了，做完瑜伽，送回 703 监狱，把数据都记录下来，人又跑不掉。"

大家都安静下来，重新开始。

直到结束为止，我相信我阻止了我所有的关于太岁的记忆，他们似乎一无所获。在收拾了一番之后，我被留在这个房间，他们全部都离开了。

又躺了几个小时，我的身体才慢慢地恢复了全部的知觉，真真切切地感到了自己的存在，身体上几个部位开始感到了剧烈的疼痛，似乎都是一些重要的穴道部位。在这之前，我的一切感觉是残缺的，因为我刚才根本都不知道他们到底把东西刺入了我的什么部位。

疼痛让我难受地喊了出来，尽管声音很嘶哑。我含混不清地哼哼着，直到重新进来了两个人，默默地给我打了一针，我才放松下来。可能是因为一直和记忆提取的力量对抗了几个小时，精神非常疲劳，这一针下去，我再也克制不住，慢慢地睡着了。

等到醒来的时候，我躺在一个小小的、淡黄色的房间里一张软软的床上。我翻身坐起来，身上的衣服也换了一套新的，可惜仍然是囚服。我四下张望了一番，居然看不到门，墙壁好像铺着一层厚厚的海绵，显得分外的柔软。

踩在同样软柔的地上，地板也很温暖，不知道从哪里透出柔和的光芒，照得整个房间一片通明，但是又不刺眼。这让我觉得不可思议，是不是我又出现了几乎是真实的噩梦？现在的我是不是我呢？

我又是掐，又是捏，又是摸，最后确定的确不是做梦。这时，这个房间传出一个好听的女声："赵雅君你好，我叫云霞，你是不是饿了？"我吃了一惊，说："哪位？"这个女人的声音说："我叫云霞，你看不到我，但是我能够看到你。"我说："我真的饿了，能给点东西吃吗？"说完我的肚子就怒吼起来。"想吃什么呢？"这个叫云霞的女声说。

"能给两个，馒、馒头吗？"我很小心地说。

“只是想吃馒头吗？”

“哦，是，是，能有点咸菜也好。”

“好的。”

这是一个奇怪的房间，这个叫云霞的女人只有声音在回响着，而且想吃就能吃到什么，都是在一个小箱子中被“传送”过来。甚至还有一些古怪的外国杂志可以看。

两天之后，我吃完饭就再次昏迷了。

等恢复意识的时候，我知道我又被放在一张冰冷的铁床上，眼睛又被蒙住了，

身体好像又消失了一样，意识清醒了但是身体却没有醒。然后，周围说话的声音逐渐地也清晰了起来。

“没有抗药性。”

“好，那开始吧。”

“清除记忆四十八小时，准备，开始。”一个人机械似的念叨着。

然后我就感觉到一股电流涌进我的大脑，似乎在拉扯出我的某些记忆，这次和上次的感觉不同，我意识到这次是在清除我的记忆。我有些紧张，尽管我一路蒙着眼睛，但是看到了这么多画报，有了这些奇妙的经历，我实在不愿意记忆被清除掉。

我努力让这些记忆不被拉扯出去，这让周围的人似乎有些惊讶。

“强度不够吗？还没有被读出？”

“呵呵，估计他可能有点舍不得自己看到的那点东西。把强度提高 20%。”

“好。”

很快，大脑里的能量一下子增大了，我觉得我制止不住了。本

来想也罢也罢，随他去吧，但是却灵光一现，我是否能自己复制一份呢？没想到，想到这里，我立即感觉到我的这些记忆真的被复制了一样，分成了两股似的，一股被提走了，另一股却沉入了我大脑中微微发亮的地方。

没有多久，我这段时间的记忆就被抽走了，但是却有一份被保存了起来。

准确地说，当机器停止的时候，我还是忘掉了刚才的一切，甚至以为我刚刚被从 511 拖出来，还在怀疑是不是要去夜审。直到再次被架上飞机，如同尸体一样被捆绑在地板上，被飞机巨大的震动感提醒，才猛然回想到这一切。

下飞机以后，我被注射了一针，身体才慢慢地感觉到了存在，但是头和身体都开始剧烈地酸痛，全身一点劲都提不起来。

经历了一番颠簸，直到回到 703 里，我的眼罩才被取下来，发现还是漆黑的夜晚，703 好像什么都没有发生过。

接下来的两天，我身体一直不是太灵光，舌头打木，眼神也发直，尽管自己已经很快清醒了，但是控制自己的身体却有困难，于是也不说任何话，真的如同他们以前所说的夜审回来的人的状态一样。不过，我什么都记得，什么都知道。

孙贵他们似乎受到了警告，不能问我关于夜审的问题，但是吴胖子还是忍不住，总是偷偷地问我一些只言片语。当然，我什么都不会说。我实在没有必要告诉他们我看到了什么，因为一切的一切回想起来都是那么的残酷却又毫无逻辑可言，飞机、浅黄色的房间、云霞、画报、似乎是变出来的食物、太岁、两个人高深的对话等，连从何讲起我都不知道，又怎么能和这些可怜的狱友去讲呢。

林虎似乎也很想知道，我甚至有点想告诉他，让他打消掉夜审可能会得到自由的幻想，但是，撕毁一个人几乎是最后的希望，实在太残忍了。所以，我忍住了，再没有任何一点犹豫，坚决地让夜审的秘密藏在了我的大脑里。

也许是我打死了黄毛，在我恢复了正常之后，大家看我的眼神中不自然地流露出一种敬畏，连看守也似乎多看了我几眼，除此以外，生活似乎并没有任何的不同。我的话越发地少了起来，大部分时间是沉默的，但是干活却越发地卖力，这可能是我这个从夜审活着回来的人唯一能够发泄的方式。

但是，只有一个人看我的眼神却和大家不一样，他就是老谢。

十八 诡异的逃出

老谢看我的时候眼神的变化绝对不是很容易发现的，老谢这个人是属于喜怒不形于色的那种，可以说是一个城府相当深的人。如果不是在监狱中，接触的时间长了，很难相信这个老谢不是一个平常的人。

老谢也流露出跟大家一样敬畏的眼神，但是，我慢慢发现，老谢是装出来的，这种伪装是如此的真实，我相信只有我这个“当事人”，并且用“不是人”的感觉才能发现。老谢的眼神中隐藏着一种期盼、一种关注，还有一些更加深奥的东西。

在我发现了老谢和其他人不一样的时候，我尝试着去触摸老谢，试图通过我能“听到”对方想法的能力来窥探老谢的真实想法。但是，老谢轻易不给我触摸他的机会，如果是短暂的触摸，是没有任何结果的。不过，机会总是人争取来的，但是结果更让人惊异，老谢的思想居然是一团糨糊似的，连一个完整的词语都“听”不到。

我很想和老谢具体地交流一次，但是我忍住了，首先是单独交流的机会几乎没有，其次是我不知道如何把我的疑惑表述给老谢听。

就这样僵持着，夜审过后，时间就迅速而平淡地过去了两个月，一切都好像没有发生，黄毛的死大家都几乎淡忘了，没有人再来问我黄毛的问题，每天的日子机械得一成不变。新的监舍的副舍长上任了，除了没有黄毛那么恶心的毛病以外，对待我们的态度也是如出一辙。

唯一变化的是我和林虎的关系。林虎特别依赖我似的，也许是我和他都没有什么值得信任的朋友吧，尽管我们话不多，但是心中都已经默认对方是值得托付生死的朋友。

时间慢慢地流逝着，直到有一天我们在监狱的工厂里干活，一个人的出现，才打破了这看似平静的一切。

这个人，是我的仇人，王山林。

我们正在干活，接近中午的时候，厂房的门口看守们“骚动”了起来，似乎走进来几个人，我没有在意，这也根本提不起我的兴趣。而在脚步声接近我们这边的时候，我才抬起头来注视了一下进来的这些人。他们穿着笔挺的中山装，由几个看守陪同着，还不断地在其中一个人耳边嘀咕着什么。

我的眼神就停留在这个人的脸上，那种邪恶的微笑、蔑视的眼神，甚至于他的消瘦的侧脸，都让我的眼睛再也转不过去，因为这个人就是王山林。我心中腾腾地冒出怒火，牙关紧咬，手上也不自觉地停止了工作。正当我意识到被王山林发现绝对不是一件好事情的时候，这个家伙却把头转了过来，略略地扫视了一下，目光就停在了我的身上。

我正要把头低下，就听到王山林呵呵笑了两声："哦？赵雅君？呵呵，还真是巧啊。"说完就已经向我走了过来。

我知道他已经认出了我，也不想再回避，把头抬起来牢牢地盯着他，一言不发。

王山林的神态已经有了很大的变化，看起来似乎别有一番神气，他看我盯着他，也不动怒，只是继续眯着眼睛笑着说："很久不见啊，怎么那股子反动劲还很强烈嘛！"旁边那个看守小声地问道："王主任，你认识他？"

王山林对这个看守笑了笑说："认得，以前都是南海的，打过几次交道。"然后向我走过来几步，把手向我肩上一搭，我没有推开他的手，只是把身子一挺，继续瞪着王山林。

孙贵他们似乎觉得不对劲，都把手上的活停下，呆呆地看着我和王山林的对峙，林虎则直接站到了我的身后。跟在他们后面的几个狗腿子舍长，吼道："你们干什么，给我老老实实干活。"

王山林回头看了一下，对身边的看守说："不好意思。"把手放了下来，却把他的脸贴近我的耳边，说："你妹妹，很不错。"说罢嘴角嘲笑似的撇了一下，转身就要走。

王山林说的那句话，在我脑海中狠狠地扎了进去，然后轰的一声爆炸了。我的脑中又浮起妹妹惨死在宿舍里的景象，眼前一片血红，这么长时间的委屈也如同大坝决堤一样汹涌而出，和着仇恨、愤怒、悲伤、不满、对自由的渴望，让我一下子又丧失了意识一般，猛地怪嚎一声，吼道：“老子杀了你！”一个箭步就扑了上去。

这是一场巨大的混乱，我挥拳打倒了王山林，正要扑上去如同对付黄毛那样收拾掉他，王山林旁边的几个中山装却把我一脚蹬开，耳边是嘈杂的吼叫声，一切仿佛又慢了下来。我打倒了两个中山装，又连续地打倒了扑过来的看守，但是身边的人却越来越多，我能够感觉到我全身的肌肉都在释放着能量，打倒一个，再打倒一个，他们的动作都是如此的缓慢，根本就不是我的对手，连身后我看不到的人拳头已经接触到我的身体时，我也能微微一偏，让对方攻击的力量降到最低的限度，而有时间转身把攻击我的人击倒。

王山林面孔扭曲着、吼叫着、躲着、逃跑着。我像是杀开一条血路一样紧紧地追着他，如果不是那些看守和其他穿着中山装的人训练有素，我相信我一定能很快逮住王山林。

我似乎并不是用自己的意识在控制着身体，我的一切行为都好像是神经反射一般，并不经过思考。

有电流的声音从我耳边划过，我知道看守已经掏出了电棒在攻击我，而我根本想都没有想就敏感地躲避过去了，似乎我对电棒的攻击还是非常忌讳的。这却给了王山林很好的逃跑时机，眼看着离我越来越远。所以，我的局面很快就变成了一圈人将我围在中间，而我则以一人之力，独自对抗着，丝毫不落在下风。

不知道是不是我的表现太过于抢眼，我耳边开始听到有人在吼叫着：“反了吧！反了吧！”这个声音一发出，马上如同巨大的石头投入平静的水面一般，迅速地扩散开来。每个人也许只是稍微地一愣，就立即触动到了自己压抑着的渴望自由的灵魂，很快，“反了”“反了”的吼叫声就扩散到每个人的口中。局面就更加混乱了起来，林虎冲到了我身边，开始和看守搏斗着。整个厂房如同炸开了锅一样，上百号人都像发疯一样，开始往门外逃去。

枪声大作，眼前和我对打的人慢慢都变成了奔逃着的犯人，连我也无法控制住，被人潮几乎冲倒在地。林虎把我拉住，吼道：“跑吧！”我抬头一看，王山林已经消失在人潮中了，这才冷静了一些，脑中只有一个念头：我要活着，我要出去，我要亲手杀了王山林。目前的局面既然已经一发不可收拾，在这个信念的支持下，我也跟着林虎混在人潮中向门口跑去。

门口的看守已经被打得昏迷不醒，歪躺在角落，一大群人就狂吼着“反了”“反了”的口号，迅速地向广场跑去。而整个703，如同煮沸了水，从各个角落都涌出大群大群的犯人，在广场上首先自动地汇集了一下，然后马上就分成了好几股，向大门冲了过去。

墙头的机枪怒吼了起来，人群中开始传来被子弹击中后的惨号，刺耳的大喇叭声也响了起来：“再前进一步立即击毙，立即蹲下！”但是所有的人都好像发疯了一样，踩着被子弹打倒在地的人的身体继续向大门跑过去，在703，死倒是一种解脱，比无休止、无希望地生存着来得更加实在。

白色的烟雾腾腾而起，遍布了前后左右，让人眼睛鼻子酸痛，泪水和鼻涕忍不住地向下流，但是这对我并没有什么效果，好像很多人也不惧怕这种白色烟雾。但是林虎似乎受不了这种烟雾，脚步趔趄了起来，我把他架住，继续向前跑着。就这样，还是有大群的人冲到了大门前，并奇迹般地打开了第一扇门。

老谢不知道什么时候出现在我的身边，眼睛通红地向我吼道：“把耳朵捂上！”我刚“啊”了一声，老谢已经向我塞过来一团稀泥，吼道："捂上！捂上！捂上耳朵！"我也不管这么多，把稀泥一搓，把耳朵捂了起来，才刚捂上耳朵，整个地面就剧烈地震动了起来，随后似乎从地底下爆发出一阵无法形容的尖锐的嘶嘶声，连绵不绝，难受得让我嘶叫了起来，而其他人，似乎连叫都叫不出来，没有一会儿，就摔倒在地，双手捂着耳朵在地上打滚，有的人滚了两下就一动不动了。

我也难受得几乎跌倒下来，如果不是老谢给我的那把稀泥捂住了耳朵，我绝对也没有什么好下场。林虎则难受地在地下翻滚着，但是我并没有松开林虎，而是拉着他向大门边上爬去，老谢也在我身边，拉着林虎。

前面的大门黑漆漆的，如此的沉重，很多人都栽倒在大门边，绝望的双手还在最后撕扯着这扇如同山一样的大铁门。我心中一黑，绝望感让我不争气地流下了眼泪，在刚才奔跑的时候，那种自由就在前面的感觉是如此的美妙，而仅仅这么一会儿，一切似乎都破灭了。

而老谢并没有停止，他双眼通红地注视着我，嘴里似乎在嚷嚷着什么，但是我除了那种恐怖的嘶嘶声什么都听不见。而当我实在不愿意继续往前爬的时候，老谢一只手拉起了我，并把我连同林虎拖到了大铁边上的小铁门边。

我抬头看，白色的烟雾中，一个人戴着防毒面具，看不到他的脸。而我被拖过去的那个小铁门，就是我进703的时候，那两个如同牛头马面的人带着我进来的小铁门。那个戴着防毒面具的人，在这扇小铁门上折腾了一小会儿，门就打开了，然后把我推到门外，而我则一直拉着林虎。那个戴防毒面具的人似乎并不愿意让林虎出去，用劲把林虎往后扯，但是我手抓得死死的。老谢向戴防毒面具的人示意了一下，林虎才让我拉出了门外。但是，老谢却没有跟着出来，我回头想拉住老谢，但是他躲开了，只看到他的脸上微微露出了一丝笑容，用手指了一个方向，似乎说快走吧。那扇铁门就轰的一声关上了。

外面并没有人，天气也是阴沉沉的，迎面一股海洋的味道吹来，眼前的广阔好像很久都没有见到过了。我什么都没有想，拖着似乎已经昏眩了的林虎，沿着老谢指着的方面，沿墙边快速地跑了几步，就看到一个大陡坡，我身子一软，带着林虎就摔下去，昏天黑地地滚了半天，才停了下来。

耳边的嘶嘶声总算停止了，这才好受了一些，身上的劲也有了，扛着林虎顺着低洼处前进，直到发现了一个茅草堆，才一头钻了进去。我把稀泥抠下来，发现这稀泥原来是混着油污的。而耳边似乎还能隐约听到703的警报声和大喇叭声。

我把林虎拍了拍，他鼻子流血，脸上也划花了多处，还是昏迷不醒。我叹了口气，静静地趴在草丛中，一声不吭，等待着黑夜的来临。

十九 爆炸

草丛中，我一直静静地趴着，大口地呼吸着带着自由感觉的空气，泥土和植物的味道让我再次感觉到了实实在在的生命。我一定要活着逃离这里。

回想起刚才的一幕幕，我仍然思绪万千，为什么老谢知道用带油污的稀泥捂住耳朵？为什么老谢不走？那个戴着防毒面具打开铁门的人是谁？为什么王山林会出现在 703 ？为什么我攻击王山林却引起了如此巨大的监狱暴动？是谁先喊出“反了”的口号？又是谁第一个带头逃跑的？为什么第一扇铁门如此轻易地就被打开了？为什么大白天的监狱外面居然没有一个人站岗？我实在想不通这是巧合还是有人精心安排。难道说，703 中还存在着一个不为人知的反抗组织？但是既然是反抗组织，为什么他们不逃走，而是愿意在703忍受这种折磨？

想到老谢继续留在了703中，我非常伤心，他为什么不走？他才是最应该离开703的人。老谢是我的同类吗？他为什么要解救我？从我父母死后，我还是第一次这么强烈地感觉到了一种亲人似的关怀。也许，老谢并不这么认为，也许，老谢只是在完成他的一个任务。但是对我来说，为了老谢这样的人，我愿意背叛我的一切信仰，哪怕是背叛整个世界，这就是我活着的最后意义。

林虎慢慢地哼了两声，蠕动了两下，似乎清醒了过来。他眼一睁开，就立即要动弹，我马上把他按住小声地说："别动，我们已经逃出来了。"林虎听话地转了个身，趴在我旁边一动不动，不过他看了看天空，小声地问："我们出来多久了？"

我心里估计了一下，说："大概一个小时了。"

林虎说："外面没有动静？我们离监狱多远？"

我说："好像还没有。不是很远，这个大坡上去应该就是703。"

林虎"呀"了一声，说："多少人逃出来了？"

我说："不太清楚，好像就我们两个。"

林虎说："那不对劲，我们这个位置很容易被发现的，不可能一个多小时都没有人来找我们。除非……"

我说："怎么？"

林虎说："除非现在里面发生了更大的事情。"

我说："更大的事情？"

林虎说："这只是我的猜测。此地不宜久留，赶快走吧。"

我说："会被发现的，等到晚上吧。"

林虎说："白哥，我出生在军事世家，从小就知道一些侦察和反侦察的事情，也接受过一些训练。不管现在里面发生了什么事情使他们不出来寻找我们，但是如果我们再不走，就来不及了。"

我沉吟了一下，说："好，按你的来。"

林虎点点头，抬起头四下打量了一下，问："白哥，这里的地理你熟悉吗？"

我说："我也不熟悉，但是我知道这里离南海不远。"

林虎说："那有点难办，不过我闻到有海腥味，这里似乎离大海不远。"

我说："对，我从小就生活在海边，大海应该在那个方位。"我伸出手指了一下，判断大海的方向是我这种从小就在海边生活的人的一种天性。

林虎说："好，既然我们不知道这里的地理，我们就想办法到海边去。那就有逃脱的机会。走吧！"

我点点头，林虎则猫着腰站起来，示意我跟着他，两个人快步地贴着低洼处跑去。

跑了没有多远，林虎突然把我拉下伏低，说："白哥，你感觉到震动没有？"

我说："没有啊。"

林虎趴下来，把脸贴在地上，并示意我也趴下来听。

我把脸贴下来一听，果然，从地下传来轻微的有节奏的震动。

林虎说："很奇怪，这好像是很多东西在地下钻洞的那种声音。"

我吃了一惊："是什么？"

林虎说："不知道，可能和 703 有关。快走吧！"

我们两个站起来没有跑几步，就听到身后猛然传来巨大的爆炸声，震得地面乱颤。林虎一回头，神色马上严肃了起来，喊道："应该是 703 在爆炸。我们快跑！"

而爆炸声不断地传来，不仅爆炸的声响越来越大，地面震动感也越来越大，好像整个地面都要被掀起来一样。

林虎边跑边嚷道："703 爆炸了！"

我也顾不上说话，只是跟着林虎猛跑。

轰的一声，更巨大的爆炸声传来，身后的天空似乎都一红。我回头一看，一团巨大的黑烟升腾了起来，黑烟中夹杂着烈火在其中滚动着，而很快冲击波也传了过来，如同后面有一只滚烫的大手把我狠狠地往前推。

703 研究所正在猛烈地爆炸着！

孙贵、猴子、吴胖子、长腿、蒜头，还有老谢！他们现在都在 703 研究所中，还有一千多人还在监狱中，而 703 却爆炸了！

我和林虎疯狂的奔跑一直没有停止，身后好像有一座喷着怒火的火山放肆地号叫着、怒吼着，不断地抛出能量巨大的光和热，似乎要把一切都焚烧殆尽！跑，跑，跑，唯一能想到的就只有跑！

在奔跑了相当长一段时间后，林虎猛地喊了一声："隐蔽！"并立即趴在地上，我也赶忙一个俯冲趴下来。

林虎抬头看着天空，说："白哥，你看到什么飞过没有？"

我说："没有啊。"

林虎继续抬着头，看着天空，突然又大叫起来："看！"

只见天空中几个似乎是圆形的物体，迅速无声无息地划过，眨眼就不见了。

我喊道：“这是什么？”

林虎回答道：“不知道，不是飞机！应该是从 703 那边飞过来的！刚才过去了五六个，这次又是五六个！王八蛋，什么鬼东西！”

我喊道：“管他是什么，咱们还是快走吧！”

林虎爬起来，仍然看着天空，刚才的那些东西好像给了他巨大的震撼一般，他的眼神中流露出一种异样的兴奋，他边看着天，边嚷道：“走吧！”

直到天色完全黑了下来，我们才终于到了海边，远远地望过去，703 方向上仍半边天都发红。我们也远远地听到无数辆重型汽车的声音向 703 方向狂奔而去。但是我们一路上都是安全的，703 爆炸了，我们就如同其中飞出的两只小虫子，谁都不会注意我们。

在海边一个避风的石堆后，我和林虎疲倦地睡了过去。

二十 阴差阳错

海天一线的地方已经发白，我们才醒过来。

我从岸边干燥的土里面挖出了不少“红地瓜”，这让林虎兴奋不已，但是这个季节植物都在拼命生长，所以“红地瓜”的味道远远比不上初冬时候。不过不管是不是好吃，至少个头不小，水分也足够，啃两三个绝对能饱。

等我们吃完，天已经基本上亮了起来，海边的天总是亮得很早。

我趁着亮，在四周打探了一下，南海市那个半岛离这里并不是很远，隔着海都能看到。

如果脚步快点，走一天绝对就能到。不过这个地方并不是很安全，因为随时都可能会被附近村庄出来海巡的民兵发现。南海这一带的海岸线因为离大岛很近，所有的村庄随时都是处于“备战”状态，村民的警惕性都很高，一旦被他们发现，逃掉的可能性几乎是零。这种群防群治的效果很显著，幻城特工再大的本事，也只能搞搞破坏就马上返回，根本无法在当地立足。

我们这样两个人，还穿着犯人的衣服，恐怕最大的麻烦还不是填饱肚子，而是如何躲过无数个民兵巡逻队，溜进南海市去。

我把这些情况和林虎讲清楚之后，林虎也是频频皱眉，我们甚至打算先往内地逃一段，安顿下来以后，打听一下消息再做安排。不过想来想去，还是决定硬着头皮先混到南海去，因为南海毕竟是我最熟悉的地方，甚至还有陈景强这些曾经搭救过我的人，只要能够有人愿意暂时地收留一下我们，就可能还有希望。

既然已经决定了去南海，我们没有再多作逗留，把自己稍微清洗了一下，把囚服反过来穿着，就出发了。

本来只需要一天的行程，我们足足走了五天，走走停停、躲躲藏藏，到处绕圈，也不敢和任何人接触。不过幸运的是，我们终于把衣服“换”掉了，这让我俩终于在第六天“混”进了南海。

进了南海就是我的“天下”了，从小就在这里生活，一草一木、一街一巷我闭着眼睛都能找到，只要躲着可能认识我的人，以及前进大队经常出没的地方，我和林虎至少不必像耗子一样成天钻在阴沟里面。而且，我知道有几个安全的地方，就是我家老宅附近的几套废弃的老式庭院，极少有人来，如果一扇扇门开锁进来，就让我们有充足的时间躲藏了，而我对这几间房子周边地理位置的熟悉程度，是连墙角的草长了几根都清楚的。

准确地说，陈景强住的地方南海没有哪个小虾兵不知道的，是在第三医院和我以前跳水自杀的水库之间的灵秀路，后来改叫革命路。那栋房子是以前我父亲的一个朋友的宅子，三层小楼，修得很气派，中欧结合的独栋别墅，我小时候去过两次，对里面的一些布置还有比较深刻的印象。陈景强以前在这里给小虾兵大队授衔，一楼和前面的一个小广场是接待处，二楼应该是陈景强的办公室，三楼就应该是陈景强住的地方。

我估计着晚上九点多的时候，就带着林虎溜到陈景强住处蹲守着，二楼、三楼都还亮着灯，似乎能从窗口看到有隐隐约约的人影。这里是南海市小虾兵的圣地，轻易没有人敢来这里捣乱，所以一楼几个看守的小虾兵都懒洋洋地瞎扯着什么，基本也没怎么看守。

又等了一会儿，二楼的灯熄灭了，唯独三楼的灯还亮着，这就说明楼里面已经没有人还在办公或者接待了。我带着林虎溜到房子旁边，让他帮我望着风，自己则仗着一直以来的身手敏捷，从外墙上攀到二楼，并没有费什么力气，就钻进了房子。

二楼一片漆黑，一楼街边的一盏小灯，勉强地让我能够看清楚二楼的摆设，如果我没有记错的话，穿过两个开放的办公室就能看到上三楼的楼梯。我蹑手蹑脚地，刚走到楼梯旁边的办公室，就听到楼上传来了脚步声，踩着木头楼梯咚咚咚地下楼，我不知道是不是他，就算是他，我也不能大大咧咧地站在这里，先躲一下看看再说。

脚步声下来得很快，我忙不迭地钻到了一个大木柜的后面，刚一蹲下，就摸到墙角堆了几把步枪，还有一个刺刀丢在地上。脚步声就在这个办公室的门口停下了，走廊的灯被打开，随后钥匙哗啦啦响了几下，门就被打开了。

我紧张得心都要从嗓子眼中跳出来了，进来的人是不是就是陈景强呢？

进来的这个人把办公室的灯打开，往前走了几步，似乎哗啦哗啦地在一张桌子上寻找着什么，然后慢慢地踱了几步，坐在了一张沙发上，似乎在翻看什么文件。

这倒是我出来和陈景强相见的好机会，我小心地探出头，隔着一张办公桌看着正坐在不远处的那个人。这个人似乎很认真地在看着文件，我只能看到他的侧脸，似乎受了伤，包扎着厚厚的纱布，让我一下子看不到他的相貌。不过从身形上，和陈景强倒是很像。

这让我不好确认，只好又把身子缩了回来，而正在犹豫是不是等他出去以后，再做判断，就听到这个人自言自语着："呵呵，真有趣。"这个声音一下子就让我呆住了，我相信我的听觉肯定没有错，这个声音，这个说话的人，居然是王山林！

我心中一下子腾起了杀意！好你个王山林，这么巧，真是不是冤家不聚头啊！不管陈景强是不是还在，既然让我逮到了你单独在场的机会，我这次绝对不会放过你！杀了你以后，我也不想找什么陈景强了，也顾不了林虎了，要么死，要么就游到大岛去当叛徒！反正全世界都已经背叛了我，那我也没有必要留恋这个地方了。

杀心已起，全身的热血就让我激动得微微颤抖起来，我轻轻地捡起地上的刺刀，牢牢地握在手中，小心地探出头，看了王山林一眼。王山林丝毫没有注意到房间里有人，全部的注意力好像都在他手中的文件上。

我控制住自己的呼吸，从柜子后钻出来，无声无息地贴着办公桌前进了几步，随后一个箭步蹿出来，还没有等王山林回头注意到我，手中的刺刀已经一下子顶在了王山林的脖子上，并刺进去了一小寸。

不知道为什么，尽管我想立即要了王山林的命，但是手上还是犹豫了一下，没有用尽全力一下子刺进去。

王山林一下子傻了似的，一动也不动了。他并没有马上大吼大叫，而是一动不动地说："是谁？"我低低挤着嗓门说："你敢大声说话我立即杀了你。"我并不是故意这样，而是激动和仇恨以及尽量压低声调让我的声音变了调。

王山林这边的脸包着纱布，他看不到我的模样，也不敢扭头，因为刺刀的刀尖还在他的肉中，而血已经从刺刀的刀尖处渗出，一股股地流淌着。王山林可能已经感觉到了疼痛，他的声音也变调了，他沙哑地说："英雄，不要冲动，有话好好说。"同时身体开始抖动了起来，手上的那份文件掉在了地上。

一种解恨的快感涌起，我不想立即一刀刺下去，而是想让这个王山林知道是谁要杀了他。

我把刀尖慢慢拔出来一些，但始终顶着王山林的喉咙，把身子转了过来，让他能够看到我。我看着王山林变形的脸，嘲笑地说："看到我是谁了吧。"王山林半边脸似乎是被烧伤了，能从纱布的边缘，看到一些烧伤的痕迹。

"赵、赵雅君……你、你怎么在这里？"王山林眼神中的恐惧更甚。

"我为什么不能在这里？"

"你、你活着？"

"我活着，就是为了亲手要你的命。"

"雅君，雅君，你别冲动，你听我说两句好吗？"王山林像狗一样哀求着我。

“呵呵，你说吧。我很想听听一个临死的人说什么。”

“我能救你，我能。”

“什么意思？”

“你能逃过爆炸，但是，真的，真的，你会被抓住，我能帮你。你相信我。”

“你都能不死，我为什么要死？难道你这个恶贯满盈的王八蛋就该活着？”

“我，我，雅君，你是好人，请你给我一个机会。我会解释，我会解释。”王山林身子一软，从沙发上滑下来，双膝跪在我面前。

“你少耍什么鬼花样，你见过我的身手，你只要乱动一下，哼哼。”

“不会，不会，雅君。我现在是南海的委员会主任，只有我能带你离开这里。”

“哦！陈主任呢？”

“他两个月前调走了，我顶替了他的职位。”

“就你这个狗腿子，有什么资格坐这个位子？”

“因为，因为，我知道，我知道……”

“说话干脆点，说得你大爷我开心了，说不定让你多活几天。”

“是，是。我知道陈景强有些举动不对劲，所以我报告给了李国彪师长，于是，我坐上了他的位置。”

“听你的话真恶心！”

“不是，不是，你听我说，是李国彪找到我的，让我多报告陈景强的情况，我什么都不知道。”

“你什么都不知道？”

“我真的什么都不知道，我不敢瞎说，李国彪师长他在找什么东西。”

“什么东西？”

“我真的不知道，真的。我都是被逼的。你妹妹，你妹妹，我没想到她那么刚烈，我……”

“你住嘴！”我刀尖一使劲，刺进了王山林的皮肤，王山林剧烈地抖了一下，口齿也不清楚起来：“求你，别，杀我，求你……”我从来没有想到，王山林居然这么怕死，我还以为他会反抗，结果他却是毫无志气，我以前还对他有一点点的畏惧，现在，王山林在我眼中就如同一只被踩在脚下的癞蛤蟆。

“我问你，你为什么要去 703？”我决定至少在王山林身上得到一些答案。

“省里面下了文件，要求我去的。没想到碰到你，最后居然爆炸了。”

“为什么会爆炸？”

“我、我不知道，当时闹哄哄的，逃跑的犯人都昏倒了，你知道那声音很难受，不过后来地下不断地冒出火来，很吓人，我的脸就是那个时候烧伤的。我刚被送出研究所的门，里面好像就出了什么更大的事情，地面震动得很厉害。再然后，就爆炸了。”

“就这样？”

“是，是，就是这样，爆炸威力很大，墙都炸倒了。不过，我知道除你以外，还有人逃出来了。”

“都是谁？”

“我、我记不得了，昨天才收到协查通报，十几个人。名字我记不清楚了。不过，名单，还有画像，就在我那边桌上文件里面。”然后王山林指了一下窗边的一张办公桌。果然在桌子上，有两摞厚厚的文件。

我马上想起了老谢以及511的人，他们还都活着吗？这让我眼睛盯着那两摞文件，流露出期望的眼神。

“我拿给你看，我拿给你看。”王山林忙不迭地说着。

我略一犹豫，看到王山林那个怕死的样子，料他也不敢怎么着，于是我点点头：“你去拿来。”

王山林应了一声，哆哆嗦嗦地向办公桌挪去，弄得地板有点响。我说：“你起来。老实点。”

王山林这才站起来，小心地跟着我的刀尖，向办公桌慢慢挪过去。

王山林在那两摞文件中，略略翻了一下，就拿出一沓子文件，递给我，说：“就是这些。”

我翻开第一页，上面写着一个人的档案，还有照片，这个人我不认识，而就在我分神看文件的同时，突然听到王山林暴吼一声：“去死吧你！”随后那桌上的两摞文件就被王山林向我脸上掀了过来，我暗叫一声糟糕，但是已经来不及了。

眼前全部都是王山林卷起的文件，一下子撒满了整个办公桌的上方，一下子看不到王山林在哪里了。

窗户咚地一下被踢开了，等我反应过来，王山林正在从窗户往下跳，我伸手一拉，没拉到，王山林就从二楼跳了下去。我大骂一声，也冲向窗口，只看王山林正从地上爬起来，同时高声吼叫着：“有特务！有特务！”

跑了两步竟然回过头来，我看到了他的表情，完全没有一点刚才的惊恐和猥琐，而是流露出一种非常轻蔑的眼神，那眼光如同一只饿狼，毒辣地看着我，边看边跑："来人啊！特务在二楼！"

完了，我知道我被王山林骗了，他刚才表现的一切都是为了让我放松警惕。我后悔为什么要相信一个这么狡猾的人，为什么没有一刀就杀了他。

王山林，他绝对不是我想象的那么简单！

再后悔也来不及了，我返身跑回去，那边林虎还在等着我，而且，那边也容易逃脱。

等我从二楼边的围墙跳下去的时候，身后的吆喝声、跑步声就在不远处，林虎正在焦急地等待着我，我什么都没有说，心中骂了几千遍自己是一个超级大傻瓜、大笨蛋，带着林虎，向水库的方向跑去。

追赶声越来越近，甚至枪声都指向了我们逃跑的方向。

二十一 钩三的密函

枪声迅速引起了其他巡夜的小虾兵小队的注意，我们没有跑多远，四面八方就都传来了吆喝声和奔跑声。

还好这一带我还比较熟悉，带着林虎拼命地四处钻来钻去，可惜，我熟悉这里的地形，抓我们的人也很熟悉，尽管钻进了树林，始终也没有甩开他们，手电筒发出的光芒在四处乱晃。寂静的黑夜里，喊声也听得格外清晰："在前面！在前面！往那边跑了！你们去那边下坡处截住！"

乱枪也向我们逃跑的方向打来，头顶不断听到子弹划过的嗖嗖声，以及击中身边树木的响亮的啪啪声。

我带着林虎往水库的方向跑，似乎只有跳到水库中，才是逃过追捕的唯一办法。

等我和林虎从栈桥上跳到水中时，与追我们的人相距不到一百米。我和林虎一跳进水中，就发了疯一样向水库中间游去，没游多远，栈桥上就响起来密集的枪声，打得我们四周水花四溅。

我对林虎吼了一声："潜下去！"两人就潜入了水底，借着微弱的光亮，我们两个奋力地在水中划动着，身边仍然有子弹钻入水中，在身边拉出一道道的白色水线。

这样游了一段，我俩实在憋不住，上来换了一口气，就又被岸边的人发现了，随即又向我们射出了子弹。连续几次沉浮之后，才终于躲开了他们的追捕，静静地躲在水中，慢慢地漂浮着，和黑暗的水面融为一体。但是，好景只持续了短短的一会儿，就听到了划船的声音，有手电筒在水面上乱照，并不时地伴随着吆喝声。

真是糟糕，没想到这些人是这么锲而不舍，而且是志在必得的样子。几个方向合围，估计是想把我们赶到深水区，这样我们再能憋气，也总是要上来换气的。正这样想着，鼻子里却闻到了淡淡的血腥味，我心想不妙，忙把林虎拉到身边。果然，林虎应该是中枪了，他意识到我也发现了，低低说了句："我游不动了，你快走。"尽管血混在黑夜里的水中，并不容易发现，但是林虎潜水和前进一定会比较麻烦。我根本没有想我要自己走的问题，拉着林虎又潜入水中，并拖着他向前游去。

但是林虎还是挣脱开了我，用力朝我挥挥手，然后似乎猛地在水中大口地呼吸了一下，这简直是不可思议的动作，人需要极大的勇气和必死的信念才敢这么去做。只见林虎呼吸了两下之后，人就抽动了起来，很快就向水底沉去。

我被林虎这个举动惊呆了，他难道是想自杀，让我自己逃掉？我心中怒吼着：“林虎你这个蠢货！”林虎真的是个蠢货，他这样死了，我也没有逃生的动力了，就算是死，我们也应该死在一起。林虎为了我，居然用自杀的办法，我不知道我还有什么理由把他孤单地留在水底，自己去逃命。

我心中一暖，鼻子发酸，也喝了一口水，但是我没有向上，而是抓着林虎的手，也向下沉去。

再见，这个世界，我第一次自杀没有死成，没想到命运又让我回到这个水库，可笑的是，我的仇人从我的刺刀下逃脱，而我却害死了我的兄弟，这就是命运吧。我拉着林虎向下沉去，也闭上了眼睛。

死亡，一点也不可怕。

在意识马上就要消失的时候，我却不由自主地把眼睛睁开了，眼前闪过了两道淡淡的光亮，好像是一个微微发亮的透明的大鸭蛋。随后，又出现了几个。我没有惊讶，因为我自己的意识已经快消失了。随后，一个袋子一样的东西套在了我的头上，似乎是一个透明的气泡，随着这个气泡的外壁闪过几道微弱的光芒，这个气泡里的水迅速地消退了，我一下子大大地呼吸了一口，是空气，没错，是空气。我呼吸了几口之后，很快就恢复了常态。低头一看，林虎的脸上也罩着一个气泡，但是他头上顶着一个透明的鸭蛋，和他头部一般大小，发出淡淡的光芒，好像这个气泡是从这个透明的鸭蛋尾部分裂出来的。

我抬头看了看，果然，我头顶上也顶着一个透明的鸭蛋。而林虎则开始吐水出来，一吐出来，就被气泡排掉了。但是林虎双眼紧闭，仍然是昏迷着。

我没有管这么多，借着像戴了氧气面罩一样的东西，拉着林虎往越来越深的地方游去。

我和林虎静静地坐在黑漆漆的深水水底，只有我们头上的那个东西在发出淡淡的光芒。我伸出手抚摸林虎头上的那个东西，手触碰到软软的，但是很温暖有韧性，随着我手的移动，这个东西也跟随着发出光芒，仿佛我的手有磁力一般，而我居然在大脑中听到了有节奏的嘶嘶声，好像是在说话一般。然后，它好像兴奋起来，身体里变幻着几种颜色的光芒，而我大脑听到的嘶嘶声也更加强烈，尽管不明白是什么意思，但是能感觉到这个东西，很兴奋。

我试着把我的想法输送给它，也很容易地就做到了，我手触碰的地方好像有一股能量注入它的身体一般，有种光线的变化，我在想："你们是什么？是我的朋友吗，还是我的同类？"它似乎仍然很兴奋地传达给我嘶嘶的声音。

这样待了一会儿以后，尽管我还是搞不清楚它们是什么，但是我猜想，这可能是太岁。

而水面的动静也越来越小，可能是他们认为我们游到其他地方去了。我慢慢地又拉着林虎向与他们相反的地方游去，这些太岁迎合着我游动的方向，居然在拖动着我们，这让我节省了不少的体力。

直到游到浅水区，太岁才慢慢地把罩在我和林虎头上的"气泡"放开，并微微一晃，消失了。

我托着林虎把头抬出水面，前面就是岸边，黑漆漆的，一片宁静，回头望去，远远地看到有十几条船，上面水电筒乱晃，还在继续寻找我们。

刚才水底的那一幕实在太过神奇，难道我以前自杀未遂也是这些太岁救的，而不是陈景强？是不是陈景强也知道水库的水中有这些神奇的东西？那陈景强是什么人呢？

我想着，手还是没有停，小心地把林虎拖上岸，并拉到岸边树林里的小土坡上，按照南海的习惯，给林虎做抢救。林虎又吐了两口水，看样子已经完全没事了。

我正想把林虎扶起来，突然觉得脖子上横上了一把异常锋利的东西，一个女子的声音轻轻地在耳边说：“动一下就割断你的喉咙。”

我慢慢地把手举起来，心想刚躲过老虎，又碰到恶狼，怎么就这么倒霉。于是我说：“我不动。”

这个女子的声音继续问：“你叫什么？”

我一动不动地说：“白皮……”

“白皮？你的真名叫什么？”

“赵雅君。”既然如此，我也不想隐瞒了，这个女子声音冰冷，手上也是异常的坚决，我很清楚地知道稍有违抗，她绝对会立即割断我的喉咙，而不会像我对待王山林这个混蛋一样。

“赵雅君？怎么是你！！”这个女子的声调一变，让我立即听了出来，这是个我非常熟悉的女人，她的声音我绝对不会忘掉。

我兴奋地小声问道：“孙丽？”

孙丽回答道：“是的。是我！”但是她手上的那把贴着我脖子的刀，并没有丝毫的放松。

我真不知道孙丽原来能够如此冷静，而自己却激动起来，很想回过头去看一下孙丽的样子。

但是孙丽手上一紧，还是冷冷地说：“别动。躺着的人是谁？”

我回答：“林虎，和我一起从 703 研究所逃出来的。”

孙丽说：“他们为什么要抓你？”

我回答：“因为我差点杀了王山林，但是被他们发现了。”

孙丽还是紧凑地问：“你为什么回南海？”

我回答：“因为我无处可去。”

孙丽慢慢地把刀子离开我的脖子，说：“好，赵雅君，请原谅我这样对待你，一会儿我会解释。你们跟我来。”

我这才身子放松下来，回过头来打量她。

孙丽并没有什么变化，但是她的眼神却已经不是我以前见过的单纯的眼神了，而是充满了警惕、老练、机智。

孙丽手中的刀似乎是一把手术刀，她的手变魔术似的在空中晃了两下，那把亮光闪闪的刀就消失了。孙丽说：“把他扶着，跟我来。”随后就如同一只敏捷的兔子，在前面带路。

我把林虎扛着，紧紧地跟着孙丽。走了二三百米的距离，孙丽在前方的一个灌木丛生的地方，掀起了一个盖子，示意我们两个进来。

我带着林虎跳了进去，孙丽也紧跟着进来了。

这是一个小小的地洞，里面黑漆漆的，地面似乎铺了一层沙子。孙丽催着我向前爬了几步，并帮我把林虎拉过来放在洞里面。这个洞弯弯曲曲的，也很窄，只能猫着腰站起来。

孙丽用火柴点亮了一盏小灯，并把火柴放在小灯边上洞壁上的一个小洞中，我和她正面对面坐着，因为太过窄小，两人挨得很近，而林虎则仍然昏迷在一边。

孙丽似乎听了听外面没有什么动静，才好像放松了下来，双目炯炯地看着我，说：“你肯定觉得我很奇怪。”

我说：“是的，你好像变了。”

孙丽浅浅地笑了笑，说：“不是变了，而是现在才是真实的我。”孙丽的笑，似乎恢复了那个第三医院的单纯的小护士的形象，让我心中一阵乱跳。我们从来没有挨这么近说过话，我都能感觉到她喷出的温热潮湿的气息。

我问道：“你是特务？”

孙丽还是淡淡一笑：“一个正常的小护士会手持凶器，还和两个大男人躲在这个洞里吗？”

我说：“真不敢相信。”

孙丽说：“你现在和特务也没有什么两样，你是想从南海游到大岛去吧。想去找一下陈景强主任，结果碰到了王山林，想杀了王山林，但是你手太软，没杀成。”

我“呀”了一声：“你怎么知道？”

孙丽说：“你的眼睛早就把一切都告诉我了。”

我眼光闪了闪，流露出一股敬佩和爱恋的神色，孙丽的出现，仿佛让我看到了曙光。如果孙丽只是一个平常的护士，我还不觉得什么，但是她居然是幻城特务，这反而让我觉得有种安全感，除了特务，其他人都已经是我的敌人。

孙丽似乎察觉到了我眼睛中流露出的感情，眼睛眨了眨，好像也有点羞涩地略略低下了头，这让我更加冲动地想一下子把她搂在怀里。

不过孙丽说：“你现在还很不安全，别胡思乱想。”

这让我稍微克制住了自己的冲动，问道：“你到哪里去了？”

孙丽淡淡地说：“那天参与了救援行动的人，在李国彪的军营里面待了一段时间，后来被燕北派下来的特派组，全部转到内地的一个军事医院，审查了两个多月，就都放回来了。”

我问道：“那个徐德有呢？”

孙丽眼神闪出一丝悠悠的哀伤，不过马上就消退下去了，说道：“他在内地的军事医院企图逃跑，但是没有成功，受了重伤，我照顾过他一阵，现在应该被转移到西北那边去了。”

我说：“徐德有也是特务，你不知道吗？”

孙丽说：“知道。他的代号是黑桃八。不过他已经暴露了。”

我问道：“那徐德有不知道你也是特务吗？”

孙丽呵呵笑了两声：“这个我不知道，他可能知道，也可能不知道。就算他知道了，他也绝对不会表露出来。”

我疑惑地问：“为什么？”

孙丽盯着我，说：“如果都和你一样，我和他早就已经死了八百遍了。”

我“哦”了一声，不敢再问这个问题，孙丽现在这个样子，我觉得我都有点不认识她了。

我问道：“你愿意帮我？”

孙丽说：“如果你真的决定要游到大岛，我愿意帮你，但是你需要帮我传达一个口令。”

我说：“什么口令？”

孙丽说：“现在不能告诉你。”

我突然想起徐德有曾经和我讲过的那些情报，于是急着说道：“对了，徐德有和我一起被抓起来之前，和我讲过一些情报，不过……”

孙丽笑了笑：“不过，要传达给指定的人，是吗？”

我点点头，我的这点小心思完全被孙丽看得透透的。

孙丽说：“我，就是钩三。”

真没想到，坐在我面前的这个我一直以为是个简单单纯的小护士孙丽，居然就是徐德有都不清楚的钩三，而且徐德有也可能没有想到钩三一直就在他身边照顾他，甚至冒着生命危险逃出来回到南海寻找钩三。我不得不佩服孙丽隐藏得实在太过巧妙，这样一个从小就是孤儿的小护士，却是真正的特务。这种黑暗之中的谍报战争，竟然布置得如此巧妙和周密。

我还是不敢相信，不禁又流露出怀疑的神色。

孙丽笑了笑，说：“你相不相信都无所谓，我也知道徐德有和你讲了些什么情报，所以你不用重复了。”

孙丽顿了一顿，继续说道：“可能你觉得你很无辜。但是，我也不清楚你为什么总是处在风口浪尖上，是巧合还是有人把你推过来的？也许你是我的最可怕的敌人，厉害到了我现在居然当着你的面承认自己的身份。”

我赶紧说：“我不可能是你的敌人！”

孙丽说：“我相信你不是，但是，我预感到你以后将是一个让人畏惧的人，只是你还没有觉醒。”

我说：“我不明白……”

孙丽说：“从我认识你以后，我发现巨大的旋涡中心，总是有你的存在。徐德有因为你被捕，陈景强主任也是因为你被调走的，接任的王山林居然是你的仇敌，中央几个派系斗争的展现也是集中在你身上，甚至最近那个古怪的703研究所爆炸了，你又能躲过王山林上百人的追捕，平安无事地坐在这里和我对话。赵雅君，我真的很难相信你是一个平常的人。也许，你能给我一个奇迹，所以，我愿意在你身上赌一把。”

我说：“这就是你让我传达口令的原因吗？”

孙丽说：“是的，如果不是这么巧合地碰到你，我会用别的办法来传达这个口令。”

孙丽说完，从口袋中掏出一个油纸包裹着的小信封，在手中晃了两下，似乎分量异常的沉重一般，然后牢牢地看着我，说：“你愿意吗？”

我看了看这个油纸包裹着的信封，一把拿了过来，塞在我贴身的口袋里，说：“我愿意。”

孙丽点了点头，看了看旁边好像仍然昏迷不醒的林虎，说：“我不管你身边的人是谁，因为这个人威胁不到我。你可以带他去大岛，也可以不带。你不要偷看信封中的内容，因为你看了也不会明白，而且你拆动了这个包装，这个口令就会作废。你到了大岛之后，不要有任何抵抗，你可能会吃些苦头，但是你一定要不断地要求见林朝峰上校，你见到林朝峰上校，把信封交给他，你就安全了。切记，切记。”

我默默地记下孙丽说的话，问道：“那你呢？”

孙丽笑了笑：“我和你说话，其实已经暴露了我的身份，因为你一旦被抓获，我的身份你一定会不经意地泄露出来，我不怪你，因为你现在没有经验。所以，这次见面，是你最后一次见到我。至于未来，你能不能见到我，听天由命吧。”

我心中一乱，原来孙丽认为暴露给我她钩三的身份，其实就是完全暴露了，那我不是害了她吗？我声音略略地大了一点：“慢着，慢着，我还有很多秘密你绝对不可能了解到。我会把你的身份当成我的这些秘密，绝对不会让人发现的。你不要这么说！”

孙丽“嘘”了一声，用手指按住了我的嘴巴：“我知道，我收回刚才说的那些话。我相信你会成功的！我现在要走了。这个洞再往里面爬一点，有药品，还有食物，你们在这里躲一天，晚上再行动。祝你好运！”说罢起身就要走。

我赶忙伸手拉住孙丽，不知道是不是自己使的劲有点大，孙丽被一把拉到我的怀里。

孙丽软软的身子一下子将我全身刺激得滚烫，孙丽低低地呻吟了一下，没有立即挣脱，而是双眼迷离地看着我，嘴唇微微地张开，露出洁白的牙齿，她的呼吸似乎也急促起来，喷出的暖暖的气息撩动着我的欲念。

我不顾一切地吻上了孙丽的嘴唇，孙丽本还想推开我，但是我抱得紧紧的，她只是手推了两下，就眼睛闭上，也把我抱住，激烈地迎合着。

我血脉贲张，激动得几乎全身抖动起来，也不管身边躺着的林虎是否清醒过来了，嘴上边和孙丽亲吻着，双手则疯狂地要去解孙丽的衣服。孙丽的胸膛激烈地起伏着，低低地呻吟着，简直无法形容这种奇妙的感觉。

但是，我还是听见了孙丽大脑里想说的话，从我和孙丽纠缠的舌尖传来了，孙丽在呼喊着：“德有！德有！我要你！我要你！”这如同一盆冰冷的水当头淋下，我瞬间难受得有些窒息，孙丽是把我当成了徐德有这个男人。

我双手停止了动作，嘴唇一下子变得生硬，离开了孙丽炙热的双唇。孙丽似乎察觉到了我的不对劲，她也停止了动作，呆呆地看着我。我把孙丽推开，把脸一歪，说："对不起！"孙丽从我怀中离开，说："怎么了？"我没有看她，眼眶却发红，我本来以为孙丽是爱我才这样顺从着我，没想到我还只是一个替代品而已。我说："没什么。我刚才太冲动了。"

孙丽笑了笑，把衣服整理了一下，说："雅君，我不怪你，应该说对不起的人是我。再见。"说罢，起身爬了两步，把洞口的盖子掀开打量了一下外面，转头说："你们保重。"然后就灵巧地钻了出去，消失在了我的视线中。

我呆呆地坐着，傻笑了两下，赵雅君啊赵雅君，你有什么地方值得孙丽去爱？理想、事业、追求、能力完全没有重合的地方，孙丽是可怜你，才将她自己的身体施舍给你，当作一种对你感情付出的补偿。你还以为孙丽爱上你了？呵呵呵呵，赵雅君啊，你真是太可笑了。

但是，我为什么要听到孙丽的想法，为什么我不能蒙在鼓里、将错就错？原来了解一个人真实的想法，居然也能给自己带来这么大的痛苦！那我要这种能力又有何用？

我正想着，林虎突然轻轻呵呵笑了两声，慢慢坐了起来，说："白哥，你怎么让她走了？"

二十二 犹豫和决定

林虎突然说话，倒把我吓了一跳，随即知道林虎可能已经醒过来一会儿了，很可能看到我刚才和孙丽亲热的那一幕，顿时脸上发热，一时语塞，吞吞吐吐地说：“你，什么，时候，呵，醒的？”

林虎尽管坐了起来，但显然还是很虚弱，他靠着墙壁，慢慢地说：“有一会儿了，你们说的我都听到了。她是谁？你们好像认识。”

我也不知道说什么，只好吞吞吐吐地说：“你的伤没事吧？”

林虎点点头：“还好，就是疼得厉害。”然后把裤管里伤口处拉开，借着昏黄的灯光打量了一下，说：“没伤到筋骨，皮外伤。”

我点点头，想到孙丽说里面有药品，就越过林虎往里面爬去。

这个地洞并不是笔直的，而是弯弯曲曲，也许是为了避免洞里的灯光透出地面吧。

爬了一个人远的距离，果然发现在尽头处堆着几个不大的纸箱，打开一看，东西还不少，有罐头食品、水、毛巾、药品、纱布、衣服等生活用品，还有一把手枪和一堆子弹。

林虎看着我把东西拨来拨去，自己也用手撑着身体靠了过来。林虎很快就找到了合适的药，在我的帮助下，脱了裤子，还算熟练地清洗了伤口，并就着水吃了几片药，包扎了起来。那纸箱子里的衣服，有两三套是男人的。基本上都是一个尺码的，所以林虎和我把自己擦干了些，各“借用”了一套穿上。

这样折腾了半天，我们两个才算安置好，并狼吞虎咽地大吃了一顿罐头，才万分疲劳地靠着墙壁松了一口气，并沉沉地睡了过去。

直到第二天天亮，我才开始讲述游到大岛去的计划。

这个计划是我从 703 研究所逃出来以后就一直在考虑的，我被陈景强救了以后，得到了“平反”，并成为海岸线的巡查员，而我巡查的地方，也是离大岛最近的地方之一。

如果碰上大的风雨，换岗的时间会比较长，而且视线也比较差。特别是在大海里面的巡逻船，也是碍于风雨，机动性能和巡逻密度也会降低。

不过，这还是非常危险的一件事情，因为幻城的特务从大岛游过来的频率从一九七〇年以后渐渐变少，现在防止南海的人游到大岛去反而是重点。

但是我对那一带的情况非常的熟悉，也许是一种幸运吧！可我却总是觉得这好像是安排好的，难道陈景强知道我总有一天会逃到大岛去，才安排我成为巡查队的一员？

林虎很仔细地听了我对地形、时间、过程等的描述，他并没有说我的计划有什么不妥，而他的眉头却一直紧紧地皱着，眼神中流露出犹豫。我知道，他已经认可了我的计划，只是他对是否要跟着我游到大岛去内心犹豫。

林虎爬到纸箱子那边，又翻来翻去，终于让他找到一个东西，是一件吹气的塑料救生衣。林虎把衣服递给我，轻轻地说："果然，这里有救生衣。"然后又躲一边，一言不发了。

我淡淡地笑了笑，只是把救生衣拿着整理。这种救生衣很先进，吹起来塞上塞子，穿在身上也很舒服，这让我信心大增。

按照计划，天黑下来以后，如果雨还是很大，就是最好的出发时间。

这一刻越来越近，林虎开始坐卧不安，不断地发出低低的叹气声和哼哼唧唧的声音，而我则在洞口，时不时打开盖子观察外面的动静。

时机已到，外面风大雨大，四周没有任何人的动静，真是天助我也。

我向林虎看了一眼，说："小虎，我走了。你自己小心！"

林虎一翻身从地上爬起来，说："走了？"

我点点头，又向外张望了一眼，说："保重！"说完伤感就涌了上来，不知道以后还能不能见到林虎这个好兄弟，我真的把他当成我弟弟一样看待。

林虎声音也明显地哽咽起来："白哥……保重……"

我点点头，把盖子推开，一个翻身就出去了。暴风骤雨一下子摔打在我身上，格外的寒冷。我没有任何犹豫，穿着那件未吹气的救生衣，把盖子盖上，猫着腰向前跑去。

刚跑了十多米，就听到后面草丛哗啦啦地响动了起来，我略一回头，看到林虎钻出山洞，向我跑来。

我眼睛一热，几乎流下眼泪，顿时停住了脚步。

林虎眨眼跑到了我的身边，他的眼睛也是红红的，他一追上我，就低声说："我和你一起。"雨点打在林虎脸上，不知道他是否哭了。我知道，他要说的太多太多。

我什么都没有说，带着林虎一起向黑暗的前方跑去，命运将我们两个紧紧地连在了一起。

二十三 人心难测

一路上出奇的顺利，不知道是不是风雨的关系，几乎没有碰到什么危险的情况，我们两个就已经匍匐在我最熟悉的海边的一块大石头后面。海对面的大岛黑乎乎的，和大海连成了一体。

我们任凭雨点敲打在身上，如同死人一样等待着时机的到来。

几队巡逻的人从不远处走过，尽管有手电筒的光芒从头上扫过，也没有任何人发现我们的存在。

我逮着机会，远处的大探照灯又开始机械地扫过我们前方的沙滩，我捅了捅林虎，起身就跑，林虎紧紧地跟着我。

波浪很大，我只跑了几步，就被浪头冲得东倒西歪，我回头打量了一下林虎，大吃一惊，林虎居然站在离我几步远的地方没有动。

我赶忙跑回去两步，想去拉林虎，我以为他没有见过这么大的浪，有些害怕。

而当我靠近林虎，还没有说话，突然就看到林虎手一抬，一把手枪正指着我，我心中一寒，什么都忘了，站立着，傻了。林虎吼道：“白哥，你原谅我，我相信我们一定还有别的办法！”

我也怒吼着，和巨大的波浪声合为一体：“你疯了吗！！！”

林虎吼道：“我没有疯！你疯了！我不想当叛徒！！！”

我吼道：“那你为什么要来！！！”

林虎吼道：“我要抓住你这个特务！”

我伸出手指着林虎，愤怒让我全身颤抖着：“你是要杀了我？”

林虎吼道：“你敢下海，我就杀了你！”

我指着林虎，吼道：“开枪啊！你开枪啊！”

林虎牢牢地用枪指着我，向前走了一步，吼道：“赵雅君！背叛祖国投敌我是绝对不能允许的！”

我狂笑着：“是啊！是啊！你抓住我你就有机会了！”

林虎吼着：“不是！我是救你！”

我狂笑着：“林虎！你太天真了！你有种就开枪吧！”说罢一个转身，就往大海里跑去。

砰的一声枪响，我的左胳膊一麻，我知道林虎打中了我。但是我没有停步，林虎这个我以为最值得信任的兄弟，就这样背叛了我，不管他到底是什么理由。枪声过后，林虎吼道：“再走一步我就杀了你！”

我眼泪和着雨水奔流着，这就是人类！这就是人类！我对人类绝望了，所有的人类都该死，都该死！

岸上随着枪响也传来了一群吼叫声，和着风雨如同无情的刀子向我扎来。而探照灯也从天上划着弧线向我这边滚来。完了，一切都完了！

而此时，一个巨大的浪头向我铺天盖地地压了下来，我一个弯腰就扎进了浪头里。砰砰砰砰连续四声枪响，我的右腿也麻了一下，但是，我没有停止，我绝对不会停止，我铆足了劲，贴着水下滚滚的沙土，不分东南西北地向前胡乱地游去……

等我平静下来的时候，我竟然已经游离海边一百多米了。海岸上已经是无数黑影、无数光线乱闪了，在人集中的地方，似乎有一个黑影呆呆地站立着。

雨越下越大，风也越刮越狂，整个大海如同一只怪兽，越发剧烈地翻滚着、搅动着，似乎要吞没一切企图征服它的人。

我左肩膀和右腿受了伤，左肩膀的伤势很厉害，根本使不上劲，而右腿还略微好一点。

仗着水性还好，又游出了几百米，直到岸上人影已经模糊了。

我费了巨大的精力，才终于把穿在身上的救生衣吹了起来。本来这件救生衣我是打算游在中途的时候，给林虎穿的，因为他水性比我差很多。没想到却救了我一命。

游，拼命地游，三公里的海域如果不是受伤，我有足够的信心能够横渡过去。

我拖着左胳膊，海水浸泡着我的伤口，让我每一次用劲，都如同撕裂肌肉一样疼痛。

我不知道在这漆黑的、狂吼着的大海里游了多久，直到自己神志不清，眼前的大岛也模糊动荡了起来。我尝试着努力让自己清醒，却不知是不是失血过多的原因，我昏了过去。

眼前一阵光亮，我大吼大叫着坐了起来，眼前的事物也清晰了。我正躺在一间屋子的地上，身下有一张草席似的垫子。

几个人就大呼小叫了起来："别动，别动！"围了过来。

我一看他们的打扮，心里就一松，那军服、徽章，是灰党的军队，也就是说，我到了大岛。

我眼前一黑，又昏了过去。

再次睁开眼睛的时候，我躺在一张床上，软软的、暖暖的，很舒服，身上很干燥，伤口好像也被包扎了。我头疼得厉害，睁开眼天旋地转，半天才缓过劲来。又闭了一会儿，才把眼睛再睁开。

眼前是一位灰党军官打扮的人，一脸严肃地看着我，消瘦，三十多岁，但是很有精神。他看我睁开眼睛，问了一句："你还好吗？能说话吗？"

我点点头。这个军官挥了挥手，两个医生打扮的人就出去了。而身边，又走过来一个看着也是三十岁上下，但是穿着便装的男人，头发梳得很工整，是资本主义头。

这个军官在我旁边坐下，说："你叫什么？"

我轻轻地说，嗓子里使不出劲："赵雅君。"

军官问："你是哪里人？"

我说："南海。"

军官说："你知道这是哪里吗？"

我说："是大岛吗？"

军官点点头："是的。你被救了。你在真水做什么工作？"

我说："工人，后来坐牢。"

军官说："你自己游过来的？"

我说："是的。"

军官说："奇迹。你肩膀受的伤、腿上的伤，你能在暴雨的天气游这么远，真是奇迹。"

那个穿便衣的男人呵呵笑了两声，在我床头一靠，说："赵雅君是吗？我叫王顺裕，你为什么要游到大岛来？"

我说："活不下去了。"

这个叫王顺裕的说："你觉得这里就能活下去吗？"

我说："我不知道。"

王顺裕对那个军官说："周少校，你觉得他是什么人？"

这个周少校看着我说："游到我们这里的有两种人，第一种，敌人；第二种，朋友。我们这里很久没有朋友光顾了，敌人还是很多。像你这样身上挂彩、暴风骤雨光临的更是多。你明白我的意思？"

我点点头，我在他们眼中，七成的可能是敌人。

那个周少校又说："对敌人我们有两种政策，第一种，什么都不说的枪毙；第二种，老实交代的作为战俘交换。你选择哪一种？"

我头疼得厉害，根本无法考虑他们说得这么复杂的问题，只好轻轻地说："我不知道。"

王顺裕说："哦，你穿的那个救生衣是谁给你的？"

我还是不知道怎么回答这个问题，正觉得沮丧，却突然想到了孙丽嘱咐我的话："你一定要不断地要求见林朝峰上校，你见到林朝峰上校，把信封交给他，你就安全了。"

我知道我再回答任何问题都没有用了，于是我说："我要见林朝峰上校。"

王顺裕和周少校眉头一皱，对视了一下，王顺裕突然笑了起来：“这里没有叫林朝峰的上校。”

我说：“我的信封呢？”

王顺裕似乎一顿，说：“什么信封？”

我说：“我要见林朝峰上校。”

周少校使了个眼色，起身拉着王顺裕走到一边，窃窃私语起来。

二十四　似乎不可能

他们两个人在那边低声地交谈着，似乎有些争论。我看了他们几眼以后，就觉得头昏，只好把眼睛闭上。不知道是不是过度疲劳和失血过多，我觉得又是天旋地转，居然又昏了过去。

等我把眼睛睁开，王顺裕和周少校已经不在我的房间里了，只有一个护士。她看见我醒了，连忙走过来说："不要乱动。"我才注意到正在挂吊针，抖擞了一下精神，觉得比以前好多了。

我没有说话，只是看到这个护士就马上想起了孙丽，尽管没有孙丽好看，但是打扮却让人觉得很舒服。护士服很合体，里面是一件红色条纹的圆领衬衣，头发居然是烫过的，有几缕卷曲的头发挂在耳边，比起南海第三医院那些穿着臃肿肥大衣服的护士，时尚许多。

这个护士看我正在目不转睛地打量她，似乎挺高兴地嗲嗲地说：“看什么嘛。”

我赶紧把眼光收回去，不敢看她。这个护士又笑着说：“你们这些真水来的，好像看什么都新鲜，真不知道你们那边过的什么样的日子。”

我哼了哼，尴尬地笑了笑，也不说话。

这个护士还是嗲嗲地说：“你很走运呢。其他游过来的人可没有你这么好的待遇。而且，你身体好得让人吃惊噢，几个小时之前还面无血色、全身冰冷得像个死人。”然后眼神也是“放荡”地在我脸上晃来晃去。

我还是第一次见到有女孩子这么无所顾忌地打量一个男人，而且说话也是软绵绵的，自己倒脸红了起来。没想到那护士又笑了：“哎，你耳朵怎么都红了。”我赶忙想伸手把耳朵护住，没想到这个护士把我胳膊一按，说：“还第一次见到这么害羞的男生呢。这两三年，就数你最年轻了，呵呵，你不会还没有女朋友吧。”

我终于忍不住说了一句：“你，你，别逗我了。”说完脸更加烫了。这个护士笑得花枝乱颤，更加得寸进尺了，整个人往我床边一坐，脸也贴了过来，眼睛虚着，一眨一眨的，说：“我倒要看看你脸能红到什么程度呢。”我紧张得几乎要坐起来，这种香艳的刺激，从来不敢想，而且还是女生主动。

这个护士脸越贴越近，我正不知道该如何是好，就听到房门口有人重重地咳嗽了两下。

这个护士才似乎挺不情愿地坐直了身子，站了起来，对站在门口的一个中年男医生挺不高兴地打了个招呼。这个男医生和颜悦色地说："雅玲，叫你看着他，你也别捉弄他嘛。"这个叫雅玲的护士蔫怪地回答了一句："知道了，知道了，老是啰啰唆唆的，烦死了啦。"

我轻轻叹了口气，才发现这个世界原来男女关系还能这样相处，下级还能这样抱怨上级的。这个男医生也不生气，走到我的床边，问道："你感觉如何？"

我点点头，说："挺好的，谢谢啊。"

医生说："刚才你昏迷的时候，我给你检查了一下伤口，恢复得很快，而且也没有炎症和发烧。恭喜。"

我还是点点头，说："谢谢了，大夫。"

医生说："不过小心起见，你还是不要下地，也不要乱动。躺着休息。有什么不舒服，你就按一下这个按钮。"说完把床头一个带着电线的有浅黄色按钮的盒子放在我枕头旁边。

医生说完就站起来，招呼那个叫雅玲的护士："走啦，别在这想什么坏主意。"

雅玲跺了跺脚，打量了我几眼，跟着这个医生出去了。

他们一走出门，就把门关上了，并咔啦咔啦几下，似乎把门锁上了。

我这才松了口气，要是雅玲还在，我真不知道如何是好。这里人与人的关系尽管我不太习惯，但是至少没有我听到的南海的同志们说的那么恐怖。

整整过了一天，那个王顺裕和周上校都没有出现。晚上的时候，我想上厕所，但是一想到雅玲，就坚持着自己下了地，找了个应该就是尿罐的容器自己方便了。这都是小插曲，也就不多说了。

到了第二天中午，我精神好多了，吃了点雅玲送来的食物后。除了伤口还有些疼痛以外，觉得自己没有什么大碍了。对此，我并不觉得奇怪，以前挨那么多拳打脚踢，我也是基本一天就好得差不多，不过却好像让那个医生吃惊不已，换药的时候嘴上也是啧啧个不停。

到了下午，三个荷枪实弹的灰党士兵来到房间，挺客气地让我换了一套衣服，并给了我一双八成新的皮鞋，带着我走出了房间。出来才发现，这是一个山脚下的小医院，来来往往穿着军装的士兵很多，往前看不远处就是大海，再往前看，南海就在对岸。

我被这三个士兵带出医院，走了一百多米，就又钻进一个看似戒备森严的院子，将我请到一个光线很好的房间，其中一个士兵说道："你在这里休息。"说完就出去了，把门锁上了。

我是被关习惯了的，这么大的一个房间，就算是被锁上了，我也并不觉得压抑。

房间里除了日常的生活用品以外，最吸引我眼球的就是一部收音机，收音机在南海可是稀罕玩意儿，除了几个类似陈景强这样的南海的头面人物，民间私自拥有收音机，可是一项挺严重的罪名。

有广播做伴，时间也是过得相当的快，临近傍晚的时候，才有人来"打扰"了我一阵，无外乎是询问了一些我的身份背景，为什么要逃到大岛，怎么过来的这些话。我能说的也都说了，只是按照孙丽的要求，不断地强调着我要见林朝峰上校。

王顺裕和周少校是在我被关进这个军营一样的院子里的第六天晚上一起来的，王顺裕进门就笑哈哈地问："赵雅君，这几天过得还可以吧？"

我不置可否，只是也客气地笑了笑作为回应。

王顺裕和周少校一边一个地坐在房间里，我则坐在床上。

王顺裕说：“怎么样？想通了吗？”

我说：“想通了什么？”

王顺裕说：“呵呵，其实你也看到了，我们对你的政策是很宽大的，因为我们相信，哪怕是敌人，只要有弃暗投明的愿望，也都可以做朋友。”

我说：“我明白你的意思，但是我该对你们说的都说了。我要见林朝峰上校。”

周少校似乎挺不高兴地说：“我们调查了一下，没有林朝峰上校这个人。你瞎编一个本来就不存在的人，也不是聪明的做法吧。”

我说：“对不起，我要见林朝峰上校。”

王顺裕哈哈笑了两声：“赵先生啊赵先生，看你年纪不大，但是却相当的固执呢。如果没有林朝峰上校这个人，你说一千遍一万遍也没有用啊。”

周少校也接上一句：“我的耐心是有限的，请你不要敬酒不吃吃罚酒。”

我说：“那你们为什么不把信封还给我？”

王顺裕说：“为什么要还给你？是不是把信封交给谁是你的任务？”

我脱口而出：“是！”

王顺裕哈哈一笑：“你是不是要说，你的任务就是把信封交给林朝峰上校？”

我本来还是想脱口而出回答他是，但是生生又咽了回去，说道：

“我见到林朝峰上校自然会说。”

周少校说：“小子，你真是不见棺材不掉泪啊。我们一番好意，怎么就让狗给吃了呢。”

王顺裕接着说：“苦肉计！呵呵！苦肉计！你中了两枪，但是都不致命！你穿着很罕见的救生衣，拿着一个用幻城特工方式折叠的信封，你以为我不知道那种折叠方式的意思吗？打开即作废！你这样做，其实是在暗示我们，你是我们派到真水去的秘密特工，九死一生回到大岛，一般人见了真的会被你唬住，忙不迭将你送到幻城北去。而真正你要传递的情报，是记在你大脑中的。你到了幻城北，就有可能和当地的敌人间谍接触到，你就能够真正地完成任务。你编造一个林朝峰上校，也是故作疑云，其实是想通过我们向幻城北汇报，说找一个林朝峰上校的人，这样你的内应就知道你已经成功上岸。不过可惜的是，你碰到了我，我就是幻城北派来的情报专员，我用我独特安全的方式调查了一遍，林朝峰上校这个人根本不存在。如果你比我早几天到大岛，你的一切计划都可能成功，周少校会被你蒙在鼓里，中了你的圈套。”

周少校干笑了两声，显得很尴尬。

王顺裕看了看周少校，笑了笑，说：“不好意思，周少校。”然后又转过头对着我说：“我明白地告诉你，我来大岛是有原因的，大岛这里，根据情报，潜伏了好几个敌人的秘密间谍。不过，你不知道他们，他们也不知道你，敌人的狡猾之处就在于所有的间谍都是彼此不认识的，各自负责一个单线任务，就算一个人被发现了，其他的人也不会暴露。我说得对吗，赵雅君？”说完就哈哈一笑，站了起来，向我走来几步，紧紧地盯着我的眼睛。

这个叫王顺裕的一番逻辑，说得我瞠目结舌，却又无从辩驳，此人果然相当的不简单。

我呆了半天，才说：“我不明白你说的什么意思。我要见林朝峰上校。”

周少校大喝一声，站了起来：“真受不了你这个混蛋，你真当我们是傻子吗？”

我说：“我不知道该说什么，我是冤枉的。”

周少校走向王顺裕，指着我低声说道：“我看也不用对他这么客气了，好好收拾他一顿，也让他知道我们的厉害。”

王顺裕说：“不妥，不妥。我看，我们……”说到这里他声音小了，又把周少校拉到角落，低低地耳语了起来。

随后，这两个人看了看我，不再说话，转身就出门了。

半个小时以后，门打开了，三个面无表情、身体健壮的士兵就杀气腾腾地冲了进来，把我不由分说地一架，连拉带拽地带出门外。

这次才真正地坐牢了，我被丢在一个窄小漆黑的牢房中，大铁门轰地一下关上，让我一下子陷入黑暗中。

我呆呆地站了一会儿，突然疯狂敲打着铁门，对着铁门上面的一个小窗口吼叫着：“我要见林朝峰上校！我要见林朝峰上校！！”

在以后的十几天里，我只有这一句话不停地吼叫着。没有灯，一天只能吃一顿，吼的时间长了，会被人冲进来一顿乱揍。

我只有按照孙丽告诉我的，不断地要求见林朝峰上校，哪怕这根本就不是一根救命稻草，我也完全把这句话当成救命稻草了。

十几天后，我被拖到了一个宽大的有好几张大沙发的房间中，一进门，就看到一个人坐在正中间，旁边则坐着王顺裕和周少校。

他们看到我来了，都紧张地看坐在正中间的这个穿着笔挺的中山装，头发梳得整整齐齐、一丝不乱，看起来和颜悦色的人。

我被抬到这个人对面的沙发上坐下，这个人站起来，向我伸出一只手，微笑着说："你好，我就是林朝峰。"

二十五 微妙的变局

我并没有伸出手和林朝峰握手，不仅是因为我实在没有力气和这个林朝峰客气，而且是因为我并不相信眼前的这个人就是林朝峰。我见过的花招实在太多，所以再也不会这么容易相信一个人。

不过林朝峰也很自然地把手收了回去，微笑着看了王顺裕和周少校几眼，王顺裕和周少校似乎坐立不安地想站起来解释什么，却被林朝峰一句话压了下去："让你们的人给我们的客人拿些吃的。"

这两个人诺诺连声，周少校站起来快步向门口走去，把门拉开对着外面吼道："立即给我拿吃的和喝的来！慢了军法处置！"

很快，吃的送过来了，我也没有客气，低着头一顿大吃大嚼，谁也不搭理。直到吃完，才长长地喘了一口气，身上也有了劲。再抬起头来，只看到林朝峰正面带微笑目不转睛地看着我，似乎和我很熟，他的那个神态，还真的让我一下子觉得眼熟得厉害，但是无论如何也想不起在什么地方见过。

林朝峰看我吃完，说道："你是不是不相信我就是你要找的林朝峰？"

我点点头，其实心中已经半信半疑了。

林朝峰还是和气地笑了笑，说："没关系，我能理解。我给你充分的考虑时间，如果你觉得我不是，你可以先休息一下。"说罢站起来似乎要走。

王顺裕表情大变，紧张地看着我，低声骂道："你这个龟孙子，脑袋锈了？"

林朝峰向下压了压手，示意王顺裕不要说话，然后命令似的说："你们这两天给我照看好他，我随时可以见他，少了一根汗毛提头来见。"说罢就转身向门口走去。

在林朝峰要走到门口的时候，我猛地喊了一声："请等一下。"

林朝峰慢慢地回过身来，声音平静柔和地说："有什么事情吗？"

我说："我相信你，你不要走。"

林朝峰笑了笑，道了声好，稳步走了回来，还是坐在我对面的沙发上，微笑着看着我。

我咽了咽口水，慢慢地说："我的确是自己游来这里的，但是我也受人所托，要将一个信封给林朝峰上校，也就是你。"

林朝峰说："哦！那信封呢？"

我指了指王顺裕，说："应该在他那里！"

林朝峰的眼睛就向王顺裕望去，王顺裕马上从怀里掏出一个包着牛皮纸的信封，应该就是孙丽给我的那个。林朝峰接过来，笑了笑，说："顺裕，很负责啊，不到最后时刻你不会拿出来。"王顺裕支吾道："是，是。"

林朝峰把这个信封递给我，问道："是这个吗？"

我看了看，说："应该就是这个。"

王顺裕和周少校异口同声地说："就是这个，就是这个。"

林朝峰让我把信封递还给他，自己也翻看了几下，然后当着我们的面小心地把牛皮纸打开，只见里面还有一层牛皮纸，林朝峰从上衣口袋中拿出一根小别针一样的东西，在几个地方的缝隙处探了探，笑了笑，说："还好，没有人敢动。"说完后就用这个小别针将牛皮纸划开，一层一层地解开后，拿出了一个白色的小信封。

所有的人的目光都集中在林朝峰手中的这个白色小信封上，林朝峰又不厌其烦地在这个白色信封上用小别针戳来戳去，好半天才似乎满意地将这个信封撕开，从里面取出一张写着密密麻麻文字的纸。

林朝峰拿在手上刚看两句，就重重地"哦"了一声，往沙发上一靠，目不转睛地读了起来。

包括我在内，所有的人都大气也不敢喘，那个上面到底写着什么，谁都不知道，可是谁都很想知道。半晌过后，林朝峰才轻轻喘了一口气，把那张纸合上，塞回到信封中，然后很仔细地把信封放进自己的贴身口袋里。

大家都呆呆地看着林朝峰，林朝峰见我们这个样子，哈哈一笑，说："很想知道上面写的什么吗？"王顺裕刚想点头，就连忙把头摇得像拨浪鼓一样，连连说："不想，不想。"

林朝峰把眼光扫向了周少校，周少校也是一个激灵，连忙说：“我知道很机密，所以想都不敢想。”

林朝峰把目光转向我，也把我看得心中发毛，难道信中是要他们立即把我杀掉？我也不知道应该说什么来回应林朝峰的目光，只好默不做声。林朝峰却对我说道：“谢谢你，你做得很好。我了解你就像了解我自己一样，我们是朋友。”

“是朋友？”我说道，心剧烈地跳动了起来。

林朝峰还是淡淡笑了两声，并没有直接回答我这个问题，而是说：“你难道不觉得我像什么人吗？”

我仔细地打量了一下林朝峰，他这个人的相貌我的确没有任何印象，但是他的气质和谈话的方式以及一些打扮，却越来越显得熟悉。我盯着林朝峰看了半天，突然冒出一个人的名字。

我问道：“老谢？”

林朝峰呵呵一笑，慢慢地举起左手，只见他左手的手心中渐渐地出现了一个红色的火焰标志，发出了淡淡的红光。

二十六 超出想象

我目不转睛地盯着林朝峰手上升起的这个火焰标志，立即就想到了曾经在南海救过我一命的林凤山，他也给我出示过同样的标志，并说过：“如果你看到有人向你出示同样的标志，你可以信任他，因为他是你的朋友。”

我说道：“这……”

林朝峰慢慢把拳头一握，将手放了下来，往沙发上一靠，说：“你应该看过这个标志，我是你的朋友。你愿意听我的解释吗？”

我点点头，说：“不过，你认识我吗？”

林朝峰笑了笑：“认识，当然认识，你很小很小的时候，我就认识你。你父亲叫赵清途，你有一个姐姐、一个妹妹和一个弟弟，你是从 703 监狱逃出来的，和你一起逃出来的还有一个叫林虎的人，不过他似乎背叛了你，你一个人来到了这里。”

林朝峰一提到林虎，我心中就刺痛了一下，眉头略略一皱。

林朝峰似乎看出了我的心思，说：“你是不是觉得很难过，你这么信任的人背叛了你，甚至想要了你的命？”

林朝峰并没有等我回答他什么，而是继续说：“以你个人的能力，想改变这一切的确很难，但是，我们一起的话，就能改变你无力改变的一切。”

我眼中放光，这句话让我有些兴奋，我的确被这个世界折磨得太久了，无论我怎么挣扎都无济于事。如果能够改变这个世界，让这个世界按照我的想法发展，那实在是太美妙了。

林朝峰笑了笑，说：“忘了介绍一下，你肯定一直都很想知道我们到底是谁。我们是一个世界性组织，叫神山，已经存在了上千年的时间，我是这个组织 2 局的主脑，也就是领导人之一，对外的身份是幻城情报局副局长。你见过的一个叫林凤山的人，属于真水区的 2 局。”

我说：“那你们的目的是什么？”

林朝峰淡淡笑了笑：“等你成为我们正式成员的时候，你就会明白的。”

我说：“你好像很肯定，我一定会成为你们的一员？”

林朝峰说：“从你很小的时候，你就注定在未来成为我们的一员，因为你的 DNA。”

我说：“DNA？”

林朝峰说：“通俗点说，DNA 就是你的基因，你的基因让你成为一个独立的个体人类，有别于其他任何人，而你的基因也让你注定不只是成为我们一个普通的成员，而是作为神山中国区的一个主脑在培养着，所以，在你身上发生了很多你无法理解也不能想象的事情。”

我说：“你们培养我？我身上发生这么多事情，都是你们安排好计划好的？”

林朝峰说：“可以这么说，我们也只是按照我们看到的你的未来作出安排，因为我们知道了未来的一部分，所以你的命运一出生就已经注定了。我们只是在你的命运中，和你站在了一起。”

我惊讶地说：“什么？你们知道我的命运？命运不是可以通过个人努力而改变的吗？”

林朝峰哈哈大声笑了几下：“改变？那是因为通常情况下，未来是不可知的，所以才有改变一说。但是，如果我们真正地看到了未来，那就是一个不可改变的事实，你无论怎么挣扎，都会向这个结果前进。逃避不了，改变不了。”

难道林朝峰所说的这个叫神山的组织，已经预言到了未来的一切吗？想到这里，我额头上冒出了细细的冷汗，这似乎太可怕了。

林朝峰还是淡淡地说：“你不要觉得可怕，我们还做不到看电影一样浏览整个未来，时间的力量绝对不是这么容易被打破的，我们只是掌握到了一点点看到未来的缝隙而已。所以，我们能看到的都只是非常小的局部画面，我们只能由此来推测，整个世界发生了什么，以及我们可以利用这个局部的未来的片断去做什么。比如说，我看到了三十分钟后你将会做什么，尽管只能看到你几秒钟的景象，但是也足够去安排围绕这个不可改变的未来，所应该进行的工作了。”

我说：“只是这样吗？”

林朝峰突然长长叹了口气，说：“不知道世界为什么要这么安排，只给了我们有限的了解未来的能力，而不能完全开放给我们。对我们而言，也是一种困惑。”

我说：“我还是不能太理解……你说的是什么意思？”

林朝峰说：“没有关系，等你加入我们以后，你很快就会理解的。”

我重复了一次先前说的：“你这么肯定我一定会加入你们，是你看到了未来？”

林朝峰淡淡地笑了下，从怀中拿出一张纸，也掏出一支笔，把纸放在手心中，迅速地写了一些字。写完后，把纸折叠了起来，看了看表，就把纸递给我，说：“大概半个小时之后，你把纸条打开。”

我接过这纸条，问道：“我如果提前偷看了呢？”

林朝峰说：“无所谓，不过你最好半个小时之后再打开看。”然后眼神向侧面一递，示意我看旁边的一个挂钟。

我记下了现在的时间，并点点头。这个林朝峰的一些话语和举动，实在让人琢磨不透。

我把纸条小心地放到口袋里，抬起头来，问道：“那你能告诉我，你是老谢吗？”

林朝峰说：“你可以说我是，也可以说我不是，703 研究所中的老谢，是我的一个替身，准确地说是分身，他的思维、情感等一切都和我一样，只是长相不同而已。但是，老谢没有自己的自我意识，他并不知道他是谁，就像一台机器，永远不知道自己是谁。不过，这并不妨碍他是一个真正意义上的人，只是所有的思维，乃至思维的过程和结果，都已经被设定好了，连老谢自己都没有觉得什么不妥。703 研究所中，加上老谢一共有四个我，我叫林朝峰，他们分别叫林一峰到林四峰。”

我还是不明白林朝峰在说什么，脸上露出了疑惑的神色。林朝峰说老谢是他的分身，不难理解，但是什么叫不知道自己是谁？

林朝峰哈哈一笑，站起来，走到沙发旁边，抚摸着一个大花瓶说：“一种人，一生都如同花瓶一样装各种东西，他们只能够根据装的这些东西来思维，但是知道自己的存在，就是自我意识，这就是我们身边的绝大多数人；另一种人，他所有曾经装过的东西都被倒出来了，甚至于自我意识，然后把其他人的东西完全复制了一份重新装入，唯独少了自我意识，这种人就是老谢；还有一种人，就是你和我这样的人，我们的思维已经超出了自己所装东西的范围，自我意识比其他人强烈百倍千倍，我们强烈地思考着我是谁，我活着到底是为什么，我要做什么等这些问题，并能够通过自我思考得出结论。”

我说：“人为什么会还不一样？”

林朝峰说：“人，如果仅看肉体，几乎是完美的，人类能够有这种自我意识，只是一次偶然，是在几万年前，由现在我们神山组织控制着的始原体的出现，促使了人类这种生物基因中有了承载自我意识的能力，于是接受了始原体给予的自我意识，让这种叫人类的生物开始思考除了繁殖、饮食、生存之外，他们是谁，他们要做什么，从而加速了进化，最终形成了现代的文明。始原体如果碰巧选择了另一种生物，比如兔子，给予这种生物自我意识，那么，现在统治地球的可能是兔子，人类和现在我们看到的大猩猩一样，没有任何区别。自我意识在这几万年的传递中，使得每个人都继承了自我意识的基因，只是有的基因能够承载更多的自我意识，所以你和我这类人出现了；而老谢这种人，就是被剥夺了基因中承载自我意识的权利，但是并不妨碍他正常地和社会接触、接受知识以及处理问题，不过，他只是一块聪明的肉，而不是人。”

我说：“那我和你叫什么人呢？”

林朝峰说：“我们不是人类，是太岁人。人类根本无法和我们相比，他们虚伪、狡诈、利欲熏心，尽管仍然保留着一些美好的东西，但是他们也是世界毁灭的根源。这一切，都是因为他们的自我意识达不到我们太岁人的程度，迷失在肉体和物质的诱惑之下，成为无意识物质世界的俘虏，而任何物质，都是遵循从出生到灭亡的规律的。”

尽管我不能完全明白，但林朝峰的话的确是有道理的，而且我一直以来都觉得自己不是人，梦中灰白头发的老者说过我是太岁人，这次又有林朝峰的再次确定，让我更加坚定了自己是太岁人。

不管林朝峰说老谢是他的替身是真是假，但是他始终是站在我的同类、朋友的角度上和我谈话，就已经让我觉得心中温暖了。

我说：“你为什么跟我讲这么多？”

林朝峰说：“因为，你已经完全成长起来了，是时候加入我们了。”

我说：“那我要做什么？”

林朝峰说：“你加入我们之后，还要去完成一个任务，才能真正地成为主脑。”

我说：“什么任务？”

林朝峰说：“回到真水，成为一个渗透者。”

我心中一惊！我好不容易逃离了真水，又要把我送回去吗？这不是明摆着将我又推回火坑吗！而且还是什么渗透者？

我说：“如果加入你们必须要回真水的话，我宁愿死在这里。”

林朝峰说：“你不愿意去改变你过去的一切吗？”

我一时语塞，逃到幻城，是我知道我根本无力改变，所以才会放弃，但是如果能够改变，我再逃避是否就是懦弱了呢？

林朝峰说：“我专门接受真水区 2 局和 3 局的联合委托，让我来吸纳你的加入。你可以再考虑一下。你先去休息，如果想好了随时可以通知我的人带你来找我。”

我看了看林朝峰，他还是平静地看着我，显得超凡脱俗、与世无争。我想到了赵德民、庞怡巧、孙丽、林虎、徐德有、陈景强、林凤山、李师长，甚至王山林和那一些形形色色的人，心中感慨万千，他们是离我如此的近，却也是如此的远。我再次回到真水，真的会改变从前的一切吗？

我说：“我心中很乱。我想考虑一下。”

林朝峰点点头，说：“好的。”随后又从袖子中变出一个小机器，对着机器说：“进来。”

门很快打开了，两个中山装男人恭敬地站在门口，略一鞠躬。

林朝峰说：“带我的客人下去，保护好他，任何要求随时满足。”

两个中山装男人干脆响亮地应了一声，向我做了一个请的手势。

我向林朝峰略一点头，说了声谢谢，就跟着这两个男人出门了。

两人一前一后地在前面带路，我越走心里越不是滋味，我到底在想什么？在害怕什么？赵雅君啊赵雅君，你一直不是梦想着能够换一种方式生活，把自己变成另外一个人吗？你不是也一直在寻找自己的同类、一直想改变这个世界吗？为什么给你机会，你还要犹豫、拒绝，为什么不敢面对自己曾经痛恨的世界呢？

想着想着，我猛地站立住，回过头看着我走出来的那个房子，林朝峰应该还坐在里面，如果他不见了，如果再也见不到他了，我是不是又要永远待在一个小房间里，如同狗一样生活？我想到这里浑身一抖，立即转过身去，说了声：“对不起，我要见林朝峰上校。”说完就快步跑了起来。

我轰地一下把门推开，门居然没有关，一进屋，就看到林朝峰正坐在沙发上对着我笑。

我也不客气地说：“我想通了，请让我加入你们，做什么都可以！”

林朝峰哈哈一笑，说：“请坐！”

我说了声好，不知道是不是心里激动的原因，一下子将自己绊了个趔趄。我也没管这么多，一屁股坐在沙发上。

林朝峰看我坐定，说：“时间刚好，你先不着急，你看看我给你的纸条。”

我“哦”了一声，看了看时间，果然是刚刚过了半个小时，我把纸条掏出来，林朝峰说道：“念！”我就张口念道：“你推门进来，说我想通了，请让我加入你们，做什么都可以！往前走了一步，差点摔倒。”

我念完以后，就呆住了，这不是我刚才的举动吗？怎么，林朝峰半个小时之前就知道了……

我把纸捏在手上，呆呆地看着林朝峰，喃喃地说："这、这个……"

林朝峰哈哈一笑，说："你记得我说过我们能看到未来的一个局部景象吗？每个神山的主脑都有这个能力，我的能力是看到两个小时后的某个事物的未来，持续八秒钟。所以我才会提出让你回真水去完成任务，相信你最终也会答应。是不是很有趣？"

我张着嘴巴，惊讶得说不出话来，难道我也有这个能力吗？我指着自己，说："我、我、我也……"

林朝峰说："你也有，不过，那是在你完成任务、在一个地方穿越一个有趣的洞穴以后，才会具有的能力，这个能力也决定了你成为主脑的级别。"

我"哦"了一声，说道："怎么加入你们？要宣誓吗？"

林朝峰说："不用，不相信你就不会对你说。现在，请伸出左手来。"

我伸出左手，林朝峰则站起身走到我的身边，从腰部掏出一个亮晶晶的银白色管状容器，在手上一拧，容器就从内向外散发出红色的光芒来，看着非常的漂亮。

林朝峰把我的左手扶正，说道："一旦你拥有这个标志，就意味着你已经成为神山的一员，从此以后，你将拥有全新的生活。"

我点了点头，林朝峰把这个管子垂直向下，按在我的手心中，说："不要乱动，会有刺疼。这是你唯一的身份，若没有种植上去，你就永远没有机会成为神山一员了。"我应道："好的。"

林朝峰右手握住那个管子，按在我手心上，左手则伸开，手心中的红色标志则重新现出，发出比第一次更加强烈的光芒。他缓缓地用手心摩擦着管子的上部，那个管子也慢慢地从银白色变得透明，逐渐地看到里面似乎有一团火焰在上下跳动着。

林朝峰说了声：“进去吧。”就只见管子中的火焰迅速地向我掌心坠落了下去，我立刻觉得一种刺痛，但是可以忍受，并不觉得热，反而觉得冰凉。这团火焰好像有生命似的，一扭二扭，很快地钻进我的手心，然后好像在肉中翻了几个跟头。我就觉得手上有电流感涌了出来，唰唰唰地连续三次流遍了我的全身，刺得我大脑中也是几条彩虹似的光线闪过。

轻轻的砰的一声，我手心中的那个由林朝峰抓住的管子就一下子粉碎了，如此的彻底，林朝峰手一扇，那些粉末就从我手心中消失了。

而我手心中，一个浅红色的火焰标志，正嵌在我的皮肤下，一闪一闪地透过皮肤，发出浅红色的光芒。

林朝峰说：“很不错，恭喜。这个标志很快就会消失，你需要让这个标志出现的时候，只需要集中注意力到你的手心，想着这个标志出现，它自然就会出现。另外，尽管你加入了神山，但是现在并不是正式的成员，所以你的火焰是淡红色的，等到你的任务完成，你需要去真水区 3 局的总部，完成正式的加入，那个时候，你的标志会变成我这样的红色。”

我看着手心，慢慢地那个浅红色的标志就淡了下去，消失不见了。我把手握了握，搓了搓，说道：“除了是身份的象征，还有什么作用？”林朝峰回到自己的座位，坐下以后说道：“你能接收到中国区 3 局主脑以及更高层对你发布的信息，这对你完成任务非常有帮助。”

我沉浸在兴奋和紧张中，盯着自己的左手，想也没有多想，脱口而出：“我自己也能和别人联系。”其实，我的意思就是我有和其他太岁人通信的能力，甚至也是可以跨越空间的。

话音刚落，就听到林朝峰大叫一声：“你说什么？”我一抬头，只见他的脸色一下子变得非常难看。

二十七　从一个世界到另一个世界

我吓了一跳，但是我马上回过神来，梦中灰白头发老头说的话又立即浮现出来："你的这种能力很危险，我暂时把你的这种能力封锁住。除非见到我，才可以说起你这种能力的事情，哪怕是手心中有红色标志的人，你也绝对不能说，非常危险，你可能会因此而死，切记！"

我呆了一呆，我知道必须解决这个问题，我的这个能力，除了陈景强略知一二以外，再就是梦中老者，是我心中的绝对秘密，我在703研究所的时候无数次地设想过我如何隐瞒这个问题。这种危急时刻，我也是急中生智，装傻充愣地说："我自己也能和别人联系吗？"其实这只是加了一个"吗"字，但是意思就完全不同了，然后装作很不解地看着林朝峰。

林朝峰也呆了呆，似乎回味了一下我刚才说的话，才脸色转好，哈哈大笑起来："怪我没听清楚。你不能用这个主动和别人联系，必须使用一些其他的工具，这个标志只能接收。"

我点点头，其实心中长长地舒了一口气，刚才林朝峰的脸色变化，让我觉得能够和其他太岁人联系的事情，真的是一件生死攸关的大事，连林朝峰这么沉稳平静的人，都会反应如此巨大。

我突然觉得，让我在大岛由幻城区2局的一个主脑带我加入神山，似乎并不是巧合，也不是委托，而是隐藏着更为惊人的秘密，这个秘密也许和我能联系其他太岁人的能力有关。我背心还是发凉，似乎我从一个旋涡跳入了另外一个更加幽深的旋涡

我故意岔开话题，问道："我属于真水区3局的成员，您是属于2局。有什么不同？"

林朝峰说："是的。我并不直接给你安排任务，你必须回到真水，由真水区3局的主脑给你发布任务指令。本来不应该由我完成引导你加入的工作，不过这里也是地理位置特殊，我也是勉为其难。所幸不是第一次这样做，还算没有出什么差错。3局是神山的情报部门，2局算是一个医疗部门吧。以后你自然会知道。"

我知道林朝峰并不愿意把3局、2局这些部门的职能说得太清楚，因为无论如何，林朝峰都不像是一个医疗部门的人，我倒认为2局可能是专门培养我这种人的一个部门。不过我没有再深问下去，只是说了声："谢谢你了，我回去真水以后，我们还会见面吗？"

林朝峰哈哈一笑："到时只要你想，见面再容易不过。"

我说："那我下一步应该怎么做？"

林朝峰起身坐到我身边，对我低声地讲了起来……

两个星期以后，我从幻城北出发，乘坐飞机到了香港，并从香港转到了真水，同行的还有几个脸色很不好看、一言不发的人。一切的行为都是非常秘密的，我被警告不能随便说话，也不要妄想逃脱。

在前一个星期，林朝峰每天都会和我见面，我到幻城北也是和林朝峰同行。不过，我并没有什么机会接触到幻城的世界，我所待的地方以及出行的路线，都是非常偏僻的地方，除了人的着装打扮和说话方式与真水迥然不同以外，周边的一切并没有太过特殊的地方。

林朝峰和我在一起的时候，尽量地回答我提出的各种问题，但是有几条底线是绝对不会说得很清楚的。首先就是神山这个组织到底有什么目的，神山的组织结构如何，神山各个部门从事什么性质的工作；其次是他外界的身份，他在做什么性质的工作；最后是钩三的事情以及密函中到底写的什么。

不过可以确定的几点是，林朝峰权力很大，所有我见到的和他接触的人几乎都是唯马首是瞻，不敢对林朝峰说一个“不”字。林朝峰对我一直非常的客气，回答问题都是十分诚恳和认真。他并不知道我回真水以后将会面临什么，他只是强调我回到真水很快就能获得信息，一切按照信息指示来行动就可以。

林朝峰对自己是否是孙丽、徐德有的上级领导不置可否，只是对孙丽好像微微显露出不满，估计和密函中的内容有关。他对我得到孙丽的信任表示过吃惊，也肯定了孙丽和徐德有特务的身份，对于徐德有曾经和我讲过的情报，他表示了认同，并强调了 703 研究所和徐德有情报中涉及的组织有直接关系，703 研究所的爆炸的确是神山中国区干的，因为 703 研究所的存在威胁到了它的存在。

通过和林朝峰的交流，我至少明白了神山这个组织的确无孔不入，他们渗透到任何一个部门，成员数量异常的庞大，而且还有很多和我一样尚未加入神山的人存在。不过，神山中国区有直接的对手，一个是A大队以及下属机构（这让我着实非常吃惊），另一个是通道组织，各个分支按照第一、第二、第三通道的方式命名。相对而言，A大队还远远够不上威胁，基本对神山是一无所知。不过通道组织就完全不同，A大队充其量就只是一个他们雇佣的打手，而通道组织在全球范围内和神山对抗，它似乎最近让神山越来越感到威胁，所以才会对703研究所大动干戈。

通道组织的实力也是不容小视，他们有自己独特的能力，似乎是一种光的应用能力，这可能也是让神山备感头痛的一个地方。双方冲突过几次，谁都没有占到太大的便宜，于是便在中国真水范围内形成了三个组织之间古怪的平衡局面，703研究所就是这种平衡下诞生的怪胎。不过，随着703研究所的毁灭，真水的几个势力之间的平衡开始打破，似乎混乱起来。

林朝峰在讲到通道组织的时候，通常是面色凝重的，但是每次所说都是有所保留，似乎并不想让我一下子了解太多。林朝峰应该是在领我入门，进行了一些形势上教育，也就是让我心里有个底，以免出错。

当我重新回到真水以后，看到熟悉的人群的打扮，以及满街白色的大字报和从车外传来的听得耳朵生茧了的口号，我第一感觉就是，过去半年的经历，好像我在什么地方曾经经历过，如此漫长的经历，一直到现在这个时刻，就被什么东西隔断了，再也不能前进一步。

到了南州以后，同行的几个人被带走了两个，我和另外三个人在一个靠近机场的地方待了一个晚上，第二天才和另外几个人乘上另一架飞机，颠颠簸簸地来到一个不知名的地方，每个人都被单独关押了起来。

而我则在入夜之后，收到了第一条神山发来的信息。

当时我的左手手心明显地感到了一阵酥麻，我正觉得奇怪，手心中就有一股电流一下子顺着我的胳膊传到脑中，我可以清楚地“听到”：“赵雅君，这是第一次给你传达信息，请你听好，务必按照要求来做，以后将不再重复这个要求。明天早晨有人会来找你谈话，你一定要表现出你已经无路可走，只要不坐牢，可以做任何事情。对方可能会问到你的身体状态，你要说你从小就身体很好，动作敏捷，身体恢复得快。对方会询问你，是否愿意成为一个不存在的人，你简单询问之后，答应他们，并按照他们的要求做事，直到新的信息传达给你。完毕。”信息就中断了，一切都恢复到了原状。

这条信息就轻松地“印”在了我的脑海中，好像已经听过了无数遍，瞬间就滚瓜烂熟了。不过，这个信息尽管是听到的，但是没有任何的情感和语调，也无法判断是男是女。

我兴奋地坐了起来，突然觉得自己一下子变得很充实，感觉到身边围绕着我的无数个伙伴，给了我指引、给了我任务，这比我茫然不知所措要强得太多了。我一下子就忘掉了我还被关押着的事实，居然心中一阵喜悦。

这一夜睡得格外踏实，直到早晨，房门被打开，一个人把我摇醒，着急地命令着：“赵雅君，赶快起来，穿好衣服，跟我走！”

二十八 C 大队的渗透者

如同手心中的红色标志传达来的信息一样，我接受了三个人的问讯，因为事先已经得到了通知，有所准备，所以我的回答一直让这三个人频频点头，并露出了满意的笑容。

其中一个人问我是否愿意成为一个不存在的人，经过我的询问，他们大概描述了一下这个组织，他们称呼自己是 C 大队，又称之为中国神秘事件调查局，刚刚组建，正在吸纳成员。他们知道我曾经是 703 研究所的拘役人员，也清楚我的一切家庭背景和成长中的主要经历，但是他们也强调，从此以后我将被这个世界遗忘，赵雅君将死去，一切有关赵雅君的材料都会销毁，甚至赵雅君从来没有出生过。

我很坚定地点了点头，说："我非常感谢你们给了我一个活着的意义。我愿意成为你们的一员。"

在他们的要求下，我的身体被一支大口径手枪，射入了一种他们称之为"爪子"的东西，一进入体内就好像牢牢地抓住了我的内脏，这让人疼痛得几乎昏厥过去。他们并没有说明这个东西的用途，只是告诉我如果背叛 C 大队，将接受最严厉的惩罚。

我被他们直接带走了。

三天以后，我穿着墨绿色的制服，和几个同时加入的队友走在长长的空荡荡的地下通道中，我耳边仿佛还回响着 C1、C2 讲的话。而 C1、C2 就是要求我加入 C 大队的三个人中的两个，而其中的一个人，从那天以后就再没有出现过了。

"从此以后，世界上将不存在赵雅君这个人，你的代号是 C17，绰号鲨鱼。未经许可，你不得告知 C 大队以外的任何人你的代号。"

"命令就是你的生命，你必须用生命来保证任务的完成。"

"严禁在内部人员之间谈论 B 大队、A 大队的任何事情和人物以及代号。"

"如果被其他任何组织抓获，没有逃生的办法，你必须选择自杀。"

"除非命令要求，你不能让任何人认出你，或者对你有深刻印象。"

"你不能有爱情、亲情、友情和个人感情，你不能和组织外的任何女人发生身体接触和性关系。"

"除非你死亡，你终身都为 C 大队以及上级部门工作。"

“你可以任意地使用C大队给予的金钱、权力，但是这必须建立在你能够按照要求完成任务的基础上。”

“如果违抗C大队的命令和制度，背叛C大队以及上级组织，泄露机密，任务失败。你都要接受处罚，最严重的将是死刑。”

“你不可以询问、调查命令的意义和背景，你只需要无条件地服从。如果违反，同样要接受处罚。”

我所在的地方，是C大队的总部，应该是位于湖北、河南交界一带的山区，是一个巨大的建立在一座山底下的地下迷宫，结构复杂、深不见底，如果没有人带领，你很快就会在里面迷路，而且阴森森的，没有一丝一毫的人气。

而这个刚刚组建的叫C大队的组织，到目前为止只有二十八个人，所以我们二十八个人待在这里，地方大得让人觉得恐怖。如果不是命令，你绝对不愿意一个人在这个迷宫中乱逛。

二十八个人中间，只有十个人似乎是C大队的创始者，剩下的十八个人，最早的加入时间也只有一个月，代号是C11，绰号大象，再下来是蟒蛇、蜥蜴、虎鲨等，这二十八个人统统都是动物的称呼。不过，我们有很多不同名字的假身份，有的假身份还要记忆相关的人物背景，如出生地点、父母亲的名字等。我最喜欢的一个假身份叫赵成，不仅是和我同姓的原因，而且我觉得听起来比较威风。

在二十八个人以后，在很长一段时间内都没有人员增加，十八个人在C1至C10的带领下学习各种各样的生存技能和情报调查技能，学习枪械的使用、驾驶技能、搏击技能。C1的要求非常严厉，经常能听到他如同雷霆一样的吼叫声，骂我们都是白痴和笨蛋，一上战场就都是逃兵，杀不了人，只有被杀的命。

不过 C1 吼叫是吼叫，但是还是逐渐流露出欣慰的神态。我们这十八个接受训练的人，尽管有的人看着文质彬彬的，但是好像都和我一样，有着异常敏捷的反应和灵活的身体，而且有的人显示出了超乎常人的智力，我在里面尽管也是表现得很优异，但是还排不上前三名，顶多只能占第五或第六的位置。

而且，在大家彼此熟悉之后，我才了解到，这些人大部分都是坐过牢的，有的还是在即将枪决的时候被 C1 他们救下来的。当然，询问各自的身份都是严格禁止的，甚至连睡觉都是每个人一间，绝对不允许串门。

我们每周都要接受一种叫瑜伽的机器测试，这让我想起了 703 研究所接受夜审所做的那些测试，也是叫瑜伽，而且过程几乎就是夜审中的翻版，但是程度则比夜审轻微得多。有了夜审的经验，我很容易地就将不愿意被读取的记忆压制下来，并没有让他们发现任何问题。头几次我还非常紧张，不过到了后来的几次，我自己都觉得有趣，我能够借助这个瑜伽的力量，胡乱编造记忆丢过去，充满了对 C 大队的“效忠之情”。一共做了八次瑜伽，就再也没有做过了,我们所有的人都顺利地过了关,没有发现任何人有什么不妥之处。我只是觉得奇怪，夜审的那群人，和他们到底有什么关系。

不过这个问题很快就在瑜伽停止之后从 C1 口中解决了，C1 告诉我们一个神圣的使命，就是要保护一个叫通道组织的秘密，任何调查通道的人一律格杀勿论。这让我想起了林朝峰的话：A 大队和下属组织，只是通道组织的打手而已，他们对神山组织几乎是一无所知。

在漫长的两个月的训练中，我再也没有接受到任何神山发来的信息，有时候甚至觉得奇怪，是不是神山已经失去了和我的联系？我几乎觉得自己已经成为C大队的一员了，只有独自在房间休息的时候，才会钻进被子，呼唤出手中的淡红色标志来，才提醒自己现在只是在完成神山的任务。

不过，就在我心生疑惑、觉得神山是否遗忘了我的时候，信息又来了。还是在我休息的时候，手心一阵发麻，然后大脑中就听到声音："赵雅君，你表现得很好，下面给你新的指令：今后两天，你所在的C大队将会有三个任务分配下来，你必须主动选择检验新成员的任务，也许你会被拒绝，但是你要坚持，并给自己一个说得过去的理由。完毕。"

指令是料事如神的，果然，在第三天下午，我们全体集中在一个大会议室，召开了一个会议。会议就是让点到名字的人来选择任务，由于我已经有心理准备，所以给自己找了一个理由，还算顺利地成为选择检验新成员任务的执行人员。组长是C6，除我以外，成员还有C21和C25。

我被C6带着，和其他组员一起来到另一个会议室开会。C6是我们的枪械教官，脸上从来没有表情，如同刀刻的几条皱纹横七竖八地爬在脸上，绰号秃鹫。C21和C25，是十八个人中智商很高的两个，绰号分别是狐狸和黑熊，尽管身体条件并不是很好，但是对于需要动脑问题的处理，却是出类拔萃。

从秃鹫的安排中可以看出，原来这个任务并不是这么简单，甚至可能有生命危险，我们其实是类似一次绑架，要绑架特别学校中的三个犯人，然后从中挑选一个人，没有被选中的就地处决。这让我回想起我被 C1 他们挑选的情景，如果没有指令提前通知，我是不是一旦说错话，也是就地处决的命运？秃鹫介绍了大致的情况之后，要求狐狸进行分析，狐狸似乎对特别学校非常的熟悉，甚至在会议室的黑板上画出了草图，并详细讲解了特别学校的作息规律和地理环境。我这才知道这个特别学校，其实是一个类似监狱的地方，周围都是芦苇荡和沼泽，里面关押的人都是一些特殊的政治犯，进行劳动改造。

我们的三个目标，分别叫郑红山，二十八岁，担任过机要档案员；吴飞宇，二十二岁，曲艺世家子弟；陈鹰，十九岁，过失杀人犯。

我们和另外一个 C8 带的任务组，分别开着两部车一起出发，我们全体都换上了标准的青绿中山装，这和那些稍有身份的人的打扮没有什么两样。

等颠颠簸簸地到了地方，秃鹫把我们留在车里，自己跑到一栋看着很气派的洋楼里面去，半天才下来，手中拿了一个文件夹，这才真正踏上了去特别学校的旅途。

我们手持的证件是中央叛逆团总部特派员证，这倒让我们一路上没有碰到什么干扰，很顺利地就到达了特别学校地域，再往前路就很难走了。一路上都是泥巴路，加上天又黑，刚下过雨地上都是大水坑，一直折腾到第二天天亮，才算到达特别学校的叛逆团委员会接待处。

这个地方的人，态度很生硬，似乎很不愿意配合我们的工作，直到秃鹫拿出了那个文件，才对我们客气了一点，同意我们抽调犯人进行问讯。这个情况秃鹫也早就招呼过我们，特别学校来头很大，加上关押的犯人特殊，除非是燕北的那四个人亲自签署命令，想带走一个人难过登天。而那四个人，似乎是我们的死对头。

为了不引起注意，我们并没有直接提审那三个人，而是东扯西拉，将他们塞在事先安排好的二十多人的名单中，绕了半天，才终于提审到了他们三个。

而在即将对他们进行询问的时候，手心中又传来了指令："赵雅君，现在是新的指令：三个人中，陈鹰是神山的成员，他已经得知你要到来，你需要保障他成为你们挑选的人，并在绝对安全的情况下，向他表明你的身份。完毕。"我努力控制着自己的激动，不让秃鹫他们发现我有所反常。我万万没有想到，居然三个人中有我的同类。

问讯在安排好的问题中进行着，和C1他们挑选我的时候并没有太大的区别,这三个人的资料在未出发前,就已经调查得很清楚了,具体怎么调查得如此详细则不得而知。我回想着陈鹰的资料，这个人年纪尽管不大，但是在很小的时候就已经成为孤儿，混迹于街头，十六岁得到一份工作，但是围绕他身边的人开始离奇死亡，很多人怀疑是陈鹰杀了这些人，没有任何证据；十八岁被人发现有超常的记忆能力，但是陈鹰从来没有承认过，给所有人的解释都是偶然；但是在刚满十九岁时，因为操作失误，致使二人死亡、一人重伤，入狱后，身边仍然有人离奇死亡，查无根据，经过多次转狱，最终来到特别学校服刑。

在我见到陈鹰的时候，我很难相信这个人只有十九岁，满脸显示出一种异常的成熟。他不轻易和人对视，但是一旦看着你，眼神则如同老鹰一样的锐利。而且,和他的一些对话也让人觉得触目惊心。

“你身边死去的人，是你杀的吗？”

“是的，既然你们说你们是来解救我的，我就明白地告诉你们，都是我杀的。”

“你用什么手段杀了他们？”

“要一个人死，几乎太容易了，麻烦的是怎么不留证据。”

“你怎么想到这些办法的？”

“我从很小的时候，每天都在想怎么杀掉那些欺负我的人，而又不给自己惹上麻烦。就是这样，我是靠不断的积累，才会有这些办法。”

“你杀掉那些人不觉得内疚吗？”

“不会。他们都该死。这些人活在世界上，才是不幸的根源。”

陈鹰的回答尽管非常冷酷，但是秃鹫似乎非常满意，倒是狐狸和黑熊频频皱眉，似乎担心更多一些。我很难说得出我到底是喜欢这个陈鹰还是讨厌他，这个人其实说了些我心里的话，我只是没有他这么冷血，但是杀掉一个我觉得是垃圾的人，我绝对不会有太多的犹豫。在我得知自己不是人类之后，人类的生死对于我来说，好像只是杀一只鸡那样，已经是越来越淡了。

不过，对这三个人的问讯，并不像我曾经经历的那样，当场就决定。而是各自通知他们守口如瓶，这两天会安排逃离这里。

一天的问讯下来，我们筋疲力尽。在特别学校一些看守人员警惕的目光下，我们草草吃完饭，就在秃鹫的带领下召开了会议。秃鹫认为陈鹰是不二人选，但是狐狸和黑熊略有微词，他们认为陈鹰很危险，仇恨感太过强烈，有可能对C大队不利，他们认为吴飞宇更加合适。这个任务就是这样，命令秃鹫可以下，但是绝对不能由秃鹫一个人决定谁是人选，这是 C1、C2 下达给秃鹫的死命令，谁也不敢违抗。所以，我的一票异常重要。

如果没有神山的指令，我可能也会支持选吴飞宇，不过我还是很清楚地表明我的态度："陈鹰的确是最合适的。他只是表现得很冷酷，但是在获得他的信任以后，他也是最忠诚的人。"这句话，真不知道是说给神山听的，还是给 C 大队听的。

不知道是我的说法打动了大家还是其他原因，黑熊最后也同意了陈鹰是唯一人选。三比一，多数通过，所以陈鹰既然被确定了下来，下面的问题就是如何解决掉被放弃的两个人，以及如何把陈鹰带走了。

计划很简单。我们打算进行突然袭击，就是在第二天全体人员外出劳动的时候，要求对这三个人再次进行集中审讯，并将审讯地点改到我们住的地方，趁看守精力还集中在外面劳动的犯人身上的时候，毒死那两个没有被选中的，再把会干扰我们的人麻醉，钻进车就跑，料他们追不上我们。

但是，事情远远不是想象中那么简单，命运也古怪地绕了一个圈，将这个人又带到了我身边。

二十九 不怕死的人

第二天，我们站在路边上，看着一队一队的犯人扛着铁锹经过。我们尽量躲在不是很显眼的地方，但是还是被不少犯人发现了。

当一队犯人立正停在我们不远处的时候，一个人吸引了我的目光，这个人精神委顿、佝偻着腰，看着似乎没有一丝生气，不过那个熟悉的身影，那个熟悉的侧脸还是让我认出了他。这个人，就是那个背叛我、差点杀掉我的林虎。

他怎么在这里！我心里咯噔了一下，一下子酸甜苦辣齐齐涌了上来。我又仔细打量了一下，就是林虎，绝对没有错，不过他现在的状态看起来比在703研究所更加糟糕，他无精打采地低着头，如同一具行尸走肉，似乎丢掉了自己的灵魂。

这让我恨也恨不起来，没想到林虎变成了这个样子，他怎么会到这里来?

我的表情变化引起了秃鹫的注意，他捅了捅我，说：“里面有你认识的人？”我连忙说：“应该是看错了。”秃鹫说：“记住，过去的你已经死了。”我点点头，把头撇向一边不再看林虎。

不过，一股热辣的目光很快向我射来，我扭头一看，果然看到林虎正呆呆地注视着我，他的眼睛中闪现出一股炙热的光芒，仿佛跟变了一个人似的。林虎嘴巴轻轻地蠕动着，似乎想说什么，但是又说不出来，而人好像也控制不住一般，向我这边迈了两步。

我冷冷地笑了下，不再看他，而那边的看守吼了起来：“1678，看什么看！”并推搡起来。我忍不住又看了过去，只见林虎看到我又在看他，突然双腿一跪，啪啪给了自己两个大耳光，带着哭腔吼道：“白哥！是我活该！我对不起你！白哥！”这时，几个看守和犯人已经把林虎团团围住，又打又踹，拖起来就走，骂道：“狗娘养的，发什么骚！再叫打死你！”

林虎只是撕心裂肺地吼道：“白哥！我对不起你！白哥！我活该！”

我实在受不了林虎这个样子，扭头就走，狐狸跟上两步，说：“过去的事吧，别想了。大家都一样，先回避一下吧。”

我心情很长时间才平复下来，我本来这一生都不想再见到林虎这个人，就算见到他，我也会很坚决地和他划清界限。但是见到林虎现在这个样子，我心里难受得厉害，毕竟是曾经彼此托付生死的兄弟，曾经如此的信任，就是因为理念不合，而分道扬镳。我至今认为林虎他并不是想让我死，而是他根本无法摆脱套在他身上的枷锁，他以为阻止我是在拯救我，谁知他拯救和挽回的，只是他再次被禁锢的思想。

狐狸不愧是智商很高的人，应变能力也很强，尽管费了些功夫，还是把那三个人弄到了我们的住所。

除了陈鹰还是冷冷的以外，另外两个人开始兴奋起来，他们的眼神中有热切的期待。不过，当我把一根毒针刺入吴飞宇的身体后，毒性马上发作起来，吴飞宇最后的一丝期望才消散在空气中。他并没有流露出失望的表情，因为毒性是如此之强，几乎瞬间就能让人致命。希望他们走好吧，我只能对着地上的两具尸体这样祝福着。

秃鹫也已经解决掉了外面房间的看守，不过只是麻醉了，而没有要他们的命。我们带着陈鹰正要接近汽车的时候，突然从屋顶传来了吼叫声："王八蛋，你们带人去哪里？"

我还没考虑该怎么办，只听一声清脆的枪响，屋顶的那个人就一头栽了下来。那是秃鹫开的枪。秃鹫嚷道："快走，快走！"我们刚拉开车门，头顶就枪声大作，一回头看到屋顶上已经又钻出来几个人，正对着我们放枪。

秃鹫发动了汽车，轰轰踩了两脚油门，只听嘣的一声，然后就熄火了。秃鹫大骂道："龟孙子们，居然玩阴的！"我意识到车肯定被这些人动了手脚，没有想到他们这么狡猾。

秃鹫吼道："下车，撤退！"

我们几个跳下车，头顶的子弹就嗖嗖地划过，后面枪声夹杂着吆喝声，追过来的人似乎越来越多。

我们也不敢回头，撒腿跟着秃鹫狂奔，秃鹫跑了几步就吼道：

“狐狸，你带路！”

狐狸应了一声，带着我们猛地向另外一边跑去，这个方向，应该离犯人劳动的地方很近。我知道狐狸这样做，第一可能是地形他熟悉，第二是他希望犯人逃跑，能够制造混乱。

这里都是一些芦苇荡被填土以后留下来的稀烂的泥巴地，人在里面跑都是深一脚浅一脚的，跑不快，而且目标也很明显，前面二百米处才有一些一人多高的芦苇丛。

秃鹫玩命地骂着娘，没想到我们第一次的任务就办得这么糟糕，如果逃不出去，就算不死，也没脸在C大队混了。五个人都如同疯狗一样连滚带爬地跑着，但是始终不能拉开跟后面追赶着的人的距离。

我们必须跑到那个芦苇丛，才有还击的能力，否则待在这个平坦的大泥巴地里就只能当靶子。

而跑在侧后边的狐狸忽然大叫一声摔倒在地，他一摔倒就喊道：“别管我，你们快跑。一直跑，有条河！”我和黑熊正想回去拉狐狸，秃鹫吼道：“你们想任务失败吗？都想死啊？快跑！”我咬了咬牙，把狐狸丢下，和黑熊一起继续跟着秃鹫猛跑着。

快接近芦苇丛的时候，就听到狐狸倒下的那个方向一声枪响，不是对方开的枪，而是狐狸自杀了……

狐狸在来的路上说，他就出生在特别学校附近的村庄里，但是后来，这里就不是他小时候热爱的那片土地了。现在，狐狸又回到了这里，最终自己结束了生命，在这片他曾经热爱的土地上。

钻进芦苇丛，我们开始还击，把追赶我们的人打得一滞，秃鹫、黑熊的枪法都很好，我虽然赶不上他们，却也是不错。打倒了几个人，但是只是缓了下来，并没有让他们退却。他们有纪律地互相喊叫着口号，看得出来他们应该接受过什么训练。

陈鹰嚷道："他们以前都是同一支正规部队退役下来的，你们小心！"秃鹫边开枪边说："废话，你以为我们不知道吗？！"

不过我们也不敢恋战，边开枪边往后退，退到芦苇丛中间，很快就迷失了方向，分不清东南西北了。秃鹫问陈鹰："哪边是河？"陈鹰说："我也不知道。我从来没有来过这边！"秃鹫骂了声："靠，什么都不知道，还吹什么牛杀人！"陈鹰也识趣地说："对不起，是我连累了大家。我那个队从来不到这边来！请原谅！"

我心里也是着急得要命，这片芦苇丛大得一眼似乎看不到头，真不知道这样乱跑下去是不是会跑到追兵的眼皮底下去。我拼命搓着左手心，为什么没有指令啊，告诉一下我们该怎么走啊！

正当我们四个人乱窜的时候，突然身边哗啦啦一个人钻了过来，黑熊正打算开枪，就听到来人喊道："是白哥吗？是白哥吗？"我马上制止了黑熊，这个人就是林虎。

林虎一看到我，眼神就焕发出了光彩，他嚷道："跟我来，跟我来！你们这样跑会没命的！"

秃鹫骂道："凭什么相信你！"

林虎也不客气地说："你爱来不来！白哥！请你相信我！"

我向秃鹫请示了一下，秃鹫不置可否，我也懒得再等他命令，跟着林虎跑。刚跑两步，秃鹫就已经跟着过来了。反正横竖都是这次倒了大霉，也就相信这个突然冒出来的林虎吧。

在林虎的帮助下，很快找到了那条河，其实也不是河，只是一条引水的大沟。林虎一路也不和我们说话，只是带着我们狂奔，尽管身后的乱枪还是一阵一阵的，不过也已经越来越远了。

傍晚时分，我们躲过了最后一茬特别学校的追踪队伍，才总算确认已经安全了。

但是我们也没有停留，马不停蹄地继续走，足足一个晚上，才终于在天亮的时候到了一个叫蔡甸的地方，秃鹫打了一个电话。

两个小时后，C8 他们那个组的人开着车过来了，秃鹫没有说话，让那个人留在当地自己回去，我们五个人则都上了这辆车，一溜烟地向总部驶去。

一路上大家谁都不说话，林虎打量了我很多次，看我一言不发，也不敢说话。

所幸回去的路上非常顺利，我们下车补充了几次，就逐渐接近 C 大队总部附近的山区了。

车开到一个村庄附近的时候，秃鹫把车停下来，对坐着后面的林虎说："你，下车。这里安全了。"林虎似乎吃惊不小："你们要去哪里？我不想和白哥分开！"秃鹫骂道："谁是你白哥！"

我也点点头，淡淡地对林虎说："你认错人了。"

林虎一下子激动起来："不可能，不可能的，白哥！我知道你恨我！我真的错了！求求你，带我走吧，你去哪里，我就去哪里。"

我还是淡淡地说："请你下车。"

秃鹫把枪掏出来，指着林虎的脑袋说："再不走，一枪崩了你。我不是开玩笑，你能这样活着，我们已经吃不了兜着走了！你不要让我后悔不杀你！"

林虎的牛脾气也上来了，把脸一横，骂道："有种你就开枪！老子本来就不想活了，你打死我还省了我的劲！来啊，开枪啊！开枪啊！！你不开枪你就是我孙子！！”

秃鹫把枪栓一拉：“龟儿子，老子现在就崩了你。”

黑熊叹了口气，说：“毕竟他救了我们一命，要不我们连任务都完不成，还丢了狐狸的命。”

秃鹫和林虎两个人直直地对视着，谁也不让谁。片刻的沉默之后，秃鹫口气一松，说道：“你叫什么，胆子不小！”林虎还是瞪着秃鹫，说道：“林虎，双木一个林，老虎的虎！”秃鹫说：“你现在不走，你跟我们回去你也会死。我在这里放了你，是给你一条活路，你难道非要跟着我们，然后丢了你的小命？”

林虎说：“我不知道你是谁。不过，我白哥在这，死了也值了。”

我叹口气，说：“林虎，我真的已经不是以前你认识的那个白哥了。”

林虎说：“白哥，你做什么，我就做什么，如果你上面的人不要我，叫这个木板子脸崩了我就是，皱一下眉头就不是好汉！”

秃鹫骂道：“谁是木板子脸！龟儿子！你是不见棺材不掉泪！”随后又转头对我骂道：“鲨鱼，你以前认识的都是些什么人！操！”随后秃鹫一轰油门，居然带着林虎又上路了。

三十 全面渗透

有时候人生真是哭笑不得，居然林虎又回到了我的身边，而且居然得到了 C1 的欣赏，认为林虎有他年轻时不怕死的劲头，破天荒地让林虎也成了 C 大队的一员。本来只是带回来一个陈鹰，结果林虎却成了主角。陈鹰反而显得不那么突出了。

C1 似乎对林虎格外的好，不仅亲自来指导林虎的训练，而且事无巨细，统统地问。林虎代替了狐狸的编号，成了 C21，绰号居然是 C1 的绰号，老虎。真不知道是否是林虎真的因祸得福了。

也许，林虎是 C 大队建立以来，第一个用这样的方式来加入的原因吧。

我真的原谅了林虎，我没有什么理由不原谅他。他并不是真的想害我，而只是不知道自己该如何面对，他已经接受了惩罚，他甚至在特别学校已经丧失了活下去的意义，可以想象，在他被抓捕后，心灵受到了多么大的冲击和折磨。

林虎进步得很快，他良好的身体素质和先天的战术教育，使他很快成了一个出类拔萃的人物。这让林虎异常的充实起来，做什么事情都有着无穷的精力。林虎每次看到我，都对我投来由衷感谢的眼神，也许我在林虎的心目中，是一个真正的“救世主”吧。尽管C大队内部严禁彼此说太多的话，但是林虎却利用一切机会和我说话，他还是那个不善于表达自己感情的人，我只是知道他感谢我，但是他从来不说。

C大队持续地扩大着编制，而我因为带来了林虎这样一个人，越来越多地接受了去寻找、检验新成员的任务。神山的指令也是不间断地发来，都是指示我选择神山的成员。

半年的时间里，通过我秘密地部署，加入C大队的神山成员已经达到了十个人，而C大队也在半年的时间内，扩张到了七十五人。

我曾经担心神山成员是否会被瑜伽检测出来，不过这个担心也在指令的告知下打消了，指令可能也是为了消除我的担心，单独有一条指令是说：“这些神山成员不可能被检测出来，你不必担心他们的身份会泄露。”

我则自然地成了这些渗透到C大队的神山成员的隐藏的头目，尽管我并不知道神山给其他成员发布的是什么指令，但是我接收到的指令开始越来越密集，很多指令都是要求我对这些成员的工作直接进行安排。

这在C大队内部形成了古怪的双重领导，我们所有的成员都接受C1到C10的领导，但是同时也接受我的领导。

神山的成员在C大队异常的团结，但是却人人都非常的谨慎，绝对不让任何人发现我们这种微妙的关系。这和C大队近乎恐怖威压的做法形成了鲜明的对比。包括那个看起来冷酷无情的陈鹰，在神山成员难得的共同出任务的过程中，也显得很平和，很平静。

随着C大队的扩大，我接受的任务也越来越多，很多任务都是非常神秘的事件，往往调查下来没有任何结果，不过必须收集到足够准确的资料。也许是神山对我刻意地栽培，有时候神山指令会提供给我一些线索，让我的任务完成度高居前列，我也越来越得到了C1的器重。而C1最器重的，整个C大队都知道，就是林虎。

C大队除了调查神秘事件、寻找新成员以外，还有一些任务越来越频繁起来，就是暗杀。

三十一 不得不背叛

暗杀绝对不是把人杀掉这么简单，往往是进行复杂的安排，让这个人看起来要么是自杀，要么是离奇失踪。没有人知道为什么要让这个人死，神山的指令也从来不要求拯救任何人。

我们几乎每个C大队的成员都参与过暗杀的任务，在最频繁的月份中，基本上是连续不断地从一个地方杀掉一个人，马不停蹄地换一个地方去解决掉另外一个人。

陈鹰无疑在暗杀的任务中显示出了他的厉害之处，尽管我从来没有直接和陈鹰出过任务，但是陈鹰的一些手段和技巧，经常能够成为一种教科书似的典范。C1对林虎青睐有加，而C2却表现出对陈鹰的浓厚兴趣，这让后期暗杀的任务几乎成为陈鹰大包大揽的事情，陈鹰很快也提升为组长性质的人物，经常带着几个“杀人狂”一般的队员。

尽管 C1、C2 对我并不像对待林虎和陈鹰那么好，但是我在他们心中的地位应该相当的稳固，不仅因为林虎和陈鹰与我有直接的关系，而且他们也看出了我的“领导力”。林虎除了 C1、C2、C3 这三个 C 大队实际的掌权人物以外，唯独对我是万分崇敬；而陈鹰更不用说，他本来就是接受我和 C 大队双重领导的，就算他想掩饰，对我的尊敬也仅次于 C1、C2、C3 之后。这在 C1 他们的逻辑里，我的这种领导能力是与生俱来的。而且我还有一个非常厉害的隐蔽的撒手锏，就是我能够听到一个人的想法，这不仅对我完成任务有非常大的帮助，也是我了解 C 大队其他成员的好办法。但是，我从来不对神山的成员使用这个能力，因为我见过幻城的林朝峰对我能直接和其他太岁人通信的反应。这是非常要命的秘密。

两年后的春天，我实际上已经是 C 大队 C4 级别的人物，仅次于 C1、C2、C3。林虎和陈鹰也成长为我的左膀右臂，加上下面大量的神山渗透人员的支持，以及林虎管辖范围内的人员，我实际上能控制大半个 C 大队。我从来没有想象过，我有这么大的能量，居然能够领导如此多的人，很多外界的事情，我很容易就能调动资源完成。

但是，我知道，很多事情都是神山的功劳，如果不是不断的神山指令传达到我这里，我很难应付一些复杂的情况。不过，被教导得多了，我自己也逐渐自信了起来。

而我也通过情报，得知了一些消息：南海的赵德民和庞怡巧，生下了一个男孩，名字叫赵亿军（这名字听着让我浮想联翩）；李国彪师长调任某军区任副司令员，似乎和B大队保持着良好的关系，甚至可能就是B大队的成员之一；王山林这个王八蛋继续如鱼得水一般，在南海的地位越来越稳固，再次一跃成为南海市主管治安的副市长类的人物；陈景强失踪后下落不明，有情报认为他出于不可告人的目的潜逃了。最令人惊讶的是，在燕北获得了徐德有的消息，他被无罪释放，不仅官复原职，而且还平升了一级，现任燕北光辉独立民兵大队的指导员。而孙丽，这个秘密特务钩三，在南海失踪之后，杳无音信，已被列为死亡人口。

这一年的春节，注定是不平静的。

C大队下达了一个暗杀指令，让我心情复杂到了极点，这次的暗杀对象居然是我离家多年的姐姐赵雅玲，除了要杀死她以外，还要销毁她所有的物品，特别是文字记录。我亦得知，我姐姐居然成为边境一个叫塔河监狱的教导员，塔河监狱关押了很多从燕北流放下去的政治犯。姐姐有一个男朋友，叫陈承武，是塔河监狱的副监狱长，退伍兵，号称是西北第一枪。

尽管我非常的犹豫，神山的指令并没有给我任何消息，我思量了很久，才安排陈鹰亲自去执行这个任务，给他的一个要求是：死得体面点。为什么C大队要杀死我姐姐，难道她也知道通道组织的秘密吗？从C大队开始执行暗杀任务以后，几乎90%的人，都是因为知道通道组织的秘密。当然，这只是我的猜测，这些人的身份并没有什么特别的地方，但是都是担任一些和各种各样人接触的职务，除了那个C1不断对所有人强调的用生命来保护通道秘密的原因，我不知道还有什么理由可以解释这一切。

陈鹰去执行任务的几天里，我几乎都是失眠的状态，我其实相当于亲手杀死了自己的姐姐。这让我对C大队以及上层的B大队和A大队厌恶起来，第一次萌生了希望神山让我离开这里的想法。

陈鹰应该是完成得干净利落地回来了，我见到他什么都没有说，只是听他静静地描述了整个过程。姐姐死于隔壁军烈属家庭火灾的“抢救”中，“不幸”被断裂的房梁砸中头部，伤重不治死亡。由于火灾蔓延，姐姐的房间也被点燃，烧得没有留下一丝半点的东西。陈鹰还描述，那个西北第一枪陈承武和我姐姐举行了生者和死者的结婚仪式，并挖地三尺寻找姐姐的遗物，一无所获。

我让陈鹰去休息，在他的任务记录上大大地打上了非常优秀的评判。然后，流下了加入C大队以后的第一次眼泪。

紧跟着这个事情之后，那些第一通道的人终于出现了，他们送来了最新的瑜伽设备。一共三个人，我唯一有印象的是，其中有个看起来年纪不大的人，叫土大夫，似乎我在703夜审的过程中听到过这个人。

他们送来的是瑜伽的更新设备，按他们的说法是检测第三代太岁的，并有更好的记忆读取能力。这也是我在C大队中第一次听到有人提到“太岁”这个名词。这自然引起了C1、C2的兴趣，但是这几个第一通道的人，只说了太岁是一种寄生的生物体，具有巨大的研究价值，也没有继续解释，C1他们也根本不敢再多问。

三人除了教导C1他们使用新的瑜伽机器以外，也提供了一些药品和另外一些古怪的小型机器，C2、C3不断地觍着脸献媚。我知道当时B大队很多干部都是必须由这个通道组织推荐，他们实际上是B大队的组织者和参与者。如果成为B大队一员，其实是权力发生了质的变化。自然是C2、C3最渴望的事情。

不过我还是引起了这些第一通道人的注意，一个人似乎认出了我，和 C1 耳语几句后，很得意地看着我笑了笑，也不和我搭腔。这让我想起来夜审中，有人说的话：他最多是个身体异能者，A 大队可能用得着，把资料提供给他们吧。

也许，真的是他们把我推荐给 A 大队，A 大队又安排了对我的询问，最后让我成了 C 大队的一员。真是不知道是否该谢谢他们。

这三个人，看着我们都是一脸的傲气，他们外套里面似乎穿着一身黑色的紧身衣，也总是戴着黑色手套，在得到 C1 他们几个的吹捧之后，有点故意炫耀似的给我们在场的十个人看。他们的黑色制服能发出淡淡的黄色光芒，加上连为一体的手套，在这种状态下，居然能让普通手枪射出的子弹，威力增大数倍。

终于，我的一条全新的神山指令很快到来了。

三十二　正式的一员

这个指令让我吃惊不小，却也激动不已。

指令说："赵雅君，你已经很好地完成了你的任务，现在你要离开 C 大队。你需要亲自执行一个 C 大队的任务，并挑选神山的成员和你一起执行任务，在这个过程中，我们会制造一次你的死亡事故，让你能够用死亡的名义，离开 C 大队。我们会高密度地和你保持联系。其他 C 大队中的神山成员，我们自有安排，你不必让他们知道你即将离去，包括你带去执行任务的成员。完毕。"

我平静地安排着这一切，很快就让我找到一个很好的理由，亲自挑选了成员去执行。

在神山不断发来指令的安排下，我们在完成任务后，故意引起了当地维持治安的民兵的注意，并激怒了他们，锲而不舍地追赶了我们上百公里。正当我觉得有些奇怪，这些民兵的追踪能力为什么这么厉害的时候，指令告诉我，这群民兵中的主要领导也是神山成员，他也是按照神山的指令行事，目的就是制造我的死亡事故。

就这样他们又不离不弃地追了我们几十公里，而我也带队按指示跑到了一条峡谷中的河边。春季的雨水让这条河奔流不止，在一座过河的铁索桥上，我“假装”被后面的人放枪击中了，其实当时假戏真做，真的有人一枪打中了我的腿，我一歪就从十几米高的铁索桥上摔了下去，一掉进水里，瞬间就被激流冲走了。

冲出了很长一段距离，我甚至都觉得继续这样下去，我真的有可能被淹死的时候，一张支在水里的网把我兜住，并拖上了岸。

我吐了几口水，缓过劲来，身边的一个人正满脸笑容地看着我。我一抬头，立即就喊出了这个人的名字：“陈景强主任！怎么是你？”

是的，这个人就是陈景强。

陈景强笑着点点头，招呼旁边的几个人快速地解开了我身上的网，然后几个人几乎一起，伸出左手，向我展示了他们手中的红色标志。一个人伏下身来，用一个圆形的物体在我肚子上摆动了一下，我就感觉到肚子里的那个爪子咔嗒一声，好像脱掉了。陈景强随之说道：“快走吧！一会儿跟你解释。”

直到停下脚步，陈景强才说：“赵雅君，很高兴再次看到你。我们是神山中国区的3局，你的所有指令都是由我们发出的。”陈景强这个时候，看上去已经不像在南海的时候，总是透着一股子威严和深沉，而是显得非常平和，简直有点与世无争的感觉。其他人几个人，都向我友善地笑着，看上去也和陈景强差不多的状态。

我也轻轻地笑了笑："真是没想到，我还能碰到你。不知道我们现在要去哪里？"

陈景强说："你要自己去3局的总部，你和我们几个不一样，你有更加重要的责任。"

我说："我自己去？不过，我怎么找得到？你们去哪里？"

陈景强说："不用担心，已经为你安排好了。再稍等一会儿，天马上就要黑了。"

我抬头看了看天色，的确已经暮色沉沉，黑夜马上就会降临。

陈景强从衣服里掏出一个林凤山用过的步话机一样的小小的机器，对着机器说道："已经安全到达指定地点，可以让蓝258过来了。"

我尽管很想多问陈景强几句，但是陈景强一直轻轻松松地微笑着，根本不像南海的陈景强，这倒让我反而无法开口询问。也只好默默无言，随着陈景强的目光，注视着前方的山坳。

天黑得很快，只是一会儿工夫，就满天再没有一丝光亮了。

只听陈景强轻轻地喊了一声："来了！"就看到山坳中似乎有一个黑点，迅速地向我们这边飞了过来。

我正在吃惊，只听到微微的一阵风声，这个东西居然从树林中弯弯曲曲、毫无停滞地飞到了我们面前，并猛地停了下来。

我眼睛一眨不眨地看着这个停在空中正在慢慢旋转的东西，这居然是一个比我在南海水库中看到的，那些鸭蛋状的救了我一命的物体大数十倍的巨型鸭蛋，足足有一人多高。它正平躺着飘浮在空中，似乎没有重量一般。

而这个巨型鸭蛋，正在慢慢地竖立起来，并开始从体内透出蓝色的光芒。这些蓝色的光芒在它的身体里如同电流一般四下游动着，仿佛光芒在它“血管”中。

等到这个大鸭蛋完全地竖立起来，我才惊讶不已地叫了一声：“这……是什么？”

陈景强走近两步，伸出手抚摩着这个鸭蛋，随着他手的移动，蓝色的光芒也集中在陈景强的手心下，似乎很高兴他的抚摩。

陈景强说：“这是神山的根源，原体的独立形态，民间叫它太岁。这个蓝258是由太岁成长起来的，也叫王太岁。”

我说：“我见过类似的。”

陈景强笑了笑：“在南海的水库中吗？你看到的是水栖太岁，这是路栖太岁。从本质上没有任何不同，只是有一些不同的能力，而都可以成长为大太岁。”

我说：“你的意思是我跟这个大太岁走吗？不过，好像……”

陈景强呵呵笑了笑，说：“不用担心。”

随即陈景强旁边的人掏出了一个不断闪亮的古怪机器，操作了几下，这个大太岁就又静静地毫无声响地平躺了下来，将较大的尾部对着我，并在尾部逐渐地从无到有变出一个洞来。

陈景强向我示意，说：“你可以钻进去，它会带你去3局总部，你放心，非常的安全，也很舒适。”

我也没有什么犹豫，只是没有想到居然是钻到这个古怪东西的身体里去，才能去总部。

陈景强他们帮助我在大太岁的身体里躺好，微笑着说：“旅途愉快。”这个洞口就从尾部闭合了起来，并且“墙壁”也向我包围了过来，把我温柔地紧紧包裹住，仅在头部给我留下了一个空间。

躺在里面感觉很舒服、很温暖，也很安全，头顶的大太岁的身体里，还是不断地四处游荡着蓝色的光线，看着非常的漂亮和奇妙。

我能觉察到这个大太岁慢慢地又立了起来，并缓慢地旋转着，随后开始向上移动起来，并逐渐地加速，最后嗖地一下，用我难以想象的速度飞行了起来。

在这个大太岁的身体里，我连离心力都感觉不到，只是知道速度非常快，不断地上升之后，就是一个大弧线转身，平飞了起来。

我突然觉得一阵激动，这么长时间了，一切一切的谜团，似乎都要解开了，我终于能够成为真正的太岁人了，因为我觉得那个3局的总部，就应该是我的归宿。

飞行了大约不到一个小时，大太岁就开始下降，明显地感觉到它在贴着山的弧度飞行着，一会儿上，一会儿下，一会儿剧烈地转弯。持续了一阵之后，就听到嗡的一声，好像这个大太岁钻进了一个管道，开始在管道中飞行。

这个管道也是如此的曲折，几乎没有地方是直线的，我就被这个大太岁带着如同蛇一样穿行着，直到听到嗡的一声，似乎这个大太岁，从管道中飞出来了。

然后，大太岁的速度很快地降低了下来，直至停止。

我身上一松，这个“洞”很快地又恢复了我刚进来的样子，同时脚前方也逐渐显露出了洞口，并从外面透射出白色的光线。

一个人从洞口探出头来，笑盈盈地说：“赵雅君，你到了。”

我在两个人的协助下，慢慢从大太岁体内退了出来，定眼一看，觉得异常的熟悉。巨大的山洞、平坦的画着古怪线条的地面、仰望不到顶部的山洞顶投下柔和但是明亮的白光、四周洞壁覆盖着绿色的茅草一样的植物、穿着蓝色制服的人走来走去，除了带我来的大太岁，不远处也在空中悬停着几个同样的大太岁，慢慢地转动着。这个地方我梦见过，我记得，就是那个灰白头发的老头所在的地方。

我什么都顾不上，只是到处乱看着，那两个接我下来的人跟着我的眼神看了半天，才说道："赵雅君，很快这里你会很熟悉的。请你跟我来。"

我支吾了两声，不再打量，跟着这两个看上去和陈景强表情气质差不多的人就走。

这两个蓝制服边走边自我介绍着："欢迎来到神山中国区 3 局总部！我叫陆二成。"

"我叫希三清。"

"神山成立于公元 117 年。神山中国区成立于公元 205 年。"

"我们一直在期待你的到来。我们的主脑一直在等你。"

他们带我走到墙边，一个人手挥动了一下，墙壁上的草垫中，就无声无息地打开了一扇门，等我一跨进去，我就马上想起了梦中我成为别人时，走过的那条石制的通道。

同样的是升升降降，穿过一个又一个房间之后，我终于来到了一个巨大的房间，这个房间也在我梦中出现过。而这个房间的正中间，则坐着一个灰白头发的老者，穿着白色的衣服。

这个灰白头发的老者向我微笑着点了点头，带我来的那两个人默默地退下了。

灰白头发的老者说："赵雅君，请坐。"话音刚落，在他旁边不远处就升起了一把椅子。

我目光一直没有离开这个灰白头发的老者，因为我知道，他就是我梦中见过的那个人。

我坐下，略有紧张地说道："你是……"

灰白头发的老者说："我叫陈大秀。我的身份是神山中国区 3 局的第一主脑。"

我说："第一主脑？"

陈大秀说："就是你决定给你发布什么样指令的其中一人，但是，我是最高级的一个。如果你不好理解，你可以想象成我是局长，我下面有很多副局长。"

我看着陈大秀，战战栗栗地说："我，梦见过你，是你吗？"这是我梦见他以后，第一次敢这样直接用语言说出来，所以心中还是忐忑不安。

陈大秀说："是我。你终于见到我了，你一直做得很好，我很高兴看到你今天的成长。"

我说："我一直很想见到你。我有很多不理解的地方，比如我到底是谁，我是否真的不是人类，而是太岁人。"

陈大秀说："我给你确切的答案，你不是人类，你是太岁人。"

我长长地舒了一口气，听陈大秀亲口确认，我心中最后的石头才落了地。本来林朝峰说过我是太岁人，但是我心中总是觉得不踏实，这个陈大秀一说，我才终于安心了。

我说："那我为什么能够梦见你呢？"

陈大秀说："因为你是非常特殊的王太岁人。你只是通过自身努力突破了一些限制，发挥了你的一些天性。"

我说："我不明白，什么是太岁？什么是王太岁？"

陈大秀说："林朝峰应该对你说过一些有趣的事情。"

我说："是的，但是我来这里，是乘坐一种叫大太岁的东西过来的。太岁人和太岁有什么不同吗？"

陈大秀说："太岁人本来是不存在的，是因为有了太岁才有的太岁人。我和你本来都是人类，只是因为我们的 DNA 很特殊，所以才有了太岁被植入的可能，一旦被植入，就成了太岁人。"

我有些吃惊："我被植入了太岁？"

陈大秀说："是的，我也一样，植入太岁并不是什么可怕的事情。太岁只会让你的自我意识真正地恢复到始原体最初给予人类意识的形态，也就是说，你的意识主体是太岁。这就决定了，你现在已经不是人类。"

我说："你的意思是说，一旦意识变成了太岁，就不是人类了。"

陈大秀说："是的。举个简单的例子，一只兔子的身体里存在了一只老虎的意识，那你觉得这只兔子还叫兔子吗？"

我说："是应该叫身体是兔子的老虎。"

陈大秀说："没错，你说得很对，所以，我们太岁人的确是用的人类的身体，但是从本质上，我们已经不是人类了。如果地球上有比人类更加先进的生物出现，我们就可以抛弃人类的躯体。"

我说："如果抛弃人类的躯体，那不是死亡了吗？"

陈大秀说："是可以这么理解，但是有了太岁，事情就不一样了。我们可以通过太岁，把自己的意识、记忆、情感、知识等的一切全部复制到太岁上，再把这个太岁植入到 DNA 适合太岁的生物身上，就不存在死亡，是永生。"

我说："复制而不是取出吗？"

陈大秀说："既可以复制，又可以取出。"

我说："取出太岁再植入的话，我可以理解。但是如果复制到了另外一个太岁了以后，再把这个太岁移植到其他人身上，那到底哪个是我呢？"

陈大秀说："问得非常好，我果然没有看错你。事实上，的确存在了两个你，你可以同时控制两个躯体甚至更多，但是这需要太岁之间进行联系才能够做得到。"

我说："但是如果不能联系呢？"

陈大秀说："太岁之间不能联系的话，这个世界上只是存在了两个除了身体不一样以外，其他完完全全一样的人，仅此而已。你不会有因为被复制而感觉到有两个自己存在。"

我想象不到那会是什么样子，只好说道："这里没有其他人会听到我们的谈话吗？"

陈大秀笑了笑，说："就算有人站在我们两个之间，他也听不到我们在说什么。"

我还是四下看了一看，这是我最近两年养成的习惯。提高警惕，不管在什么时候，我认为都是很重要的。

陈大秀还是笑了笑，说："赵雅君，你一点都不关心你来这里是什么原因吗？"

我连忙收住目光，将注意力重新集中在陈大秀这边，说："不是，我很想知道我应该做些什么。"

陈大秀说："我知道，你最关心的事情还是你是谁，为什么会不是人类，你生存的意义是什么，你更大的兴趣是来到这里给自己解谜，而不在乎自己将要做什么。”

我说：“是的，这的确是我最想知道的问题。”

陈大秀说：“现在，你还不能得到所有的答案，而且就算我详细地解释给你听，你也未必能够理解。”

我说：“的确是。”

陈大秀说：“跟我来吧，现在你要接受一个考验，如果你成功了，你就会成为3局的主脑，到时你会慢慢地了解到一切。”

陈大秀说完，就站起身来，并客气地向我做了一个请的手势。

我连忙站起来，跟着他。

三十三 地下的地下

陈大秀一直背着手，不说话，我也沉默地跟着他，寸步不敢远离。这个我梦中的灰白头发的叫陈大秀的老者，尽管看上去平和，但是说话间却自然地流露出一种让人尊敬的威严。他说话不快，甚至有些缓慢，但是富有磁性的男中音，让他的话语有一种奇妙的影响力，让你不得不服从。

我们两个人又升升降降了一阵之后，终于坐上了一个透明的玻璃罩电梯，直线地下降并很快就从一个大大的垂直坑道中钻了出来，眼前顿时开阔起来。

我们乘坐的这个电梯，仿佛是从一个小管道中钻了出来，步入了一个巨大的大厅。通过玻璃罩可以看到，我们现在正处在一个垂直山洞中，这个山洞如此的巨大，我几乎看不清楚对面。尽管这里应该是地下，但是山洞却十分的明亮，不知道是什么光线照射的结果。

而我们就在一侧的洞壁上飞速下降着，这个洞中居然还有从石缝中喷射出来的瀑布，一道白练就挂在不远处，水雾升腾。再往下降，我能看到一些巨大的发光的石头镶嵌在山洞的墙壁上发出夺目的光芒。在石头旁边，还有和我们类似的玻璃罩电梯正在升降着。

地下世界中居然有如此伟大的洞穴，简直让人啧啧称奇。我以为C大队的总部就已经宏伟无比了，但是比起神山3局的总部，那完全是小巫见大巫，根本无法比较。这让我对神山这个组织肃然起敬。

陈大秀似乎看出我被眼前的景象震撼了，轻轻但是清楚地说：“近两千年的建设，让这里充满了不可思议。当我第一次看到的时候，我也被震撼住了，这种力量是如此的伟大，所有的生命都会被它征服，不得不按照设定好的命运发展着。而神山，我们是想控制世界。”

我看着外面的景象，目不暇接，喃喃地应道：“控制世界……”

陈大秀站到我的身边，也一样看着外面，说：“只有控制世界，生命才能跳出被世界不断玩弄的可悲循环，自己才能掌握命运。世界的平衡马上就要打破，新的平衡会逐渐建立起来，这是五百年才有的一次机会，大家都在寻找平衡点被打破的那一刻，谁把握住机会，谁就控制了世界重新平衡后的格局。”

我并没有听懂这么高深的道理，只是木讷地说：“大家……世界的平衡……格局……”

陈大秀说：“神山组织、通道组织，甚至A大队类似的组织，都有所意识到这一切，只是深浅不同而已。甚至神山组织的内部观点也是不一致的。也许，神山组织又将分裂，像几百年前第一通道分裂出去那样。”

我说道：“真的能够控制世界吗？”

陈大秀并没有回答，只是笑了笑，一会儿才说：“会有震动，小心不要摔倒。”

果然，他话音刚落，我们乘坐的这个电梯轰的一声，钻入了水中。要不是陈大秀提前提醒，我可能真要被震倒。

电梯钻进水中后，很快又恢复了平稳，我们在水中下降着，玻璃罩以外，如同大海一样广阔的水域。

我刚刚站稳，就看到眼前有几个巨大的身影从窗外不远处突然冒了出来，向我们冲来，居然是巨大的乌贼，如同一艘军舰一样大。我大叫一声，喊道：“有怪物！”

陈大秀呵呵笑了两声：“不要紧张，这是神山人工繁殖的，叫齐列格，非常听话，属于水生太岁控制的大型生物。”

果然，这几只巨大的乌贼向我们游来，并没有靠近，而是像打招呼一样，在我们面前转了个身，巨大的身躯横陈在我们面前，几乎看不到头和尾。这些巨大乌贼的身体里，都有一团发出耀眼光芒的物体，我猜想那应该就是水生太岁。

乌贼刚游开，眼前赫然出现了一座水下城市一般的建筑群落，建筑物发出的灯光，照得水底一片通明。

电梯很快钻进了一个新的管道，略停了一下，四周的水就退去了。陈大秀才带着我走下电梯，又开始了换乘。直到最后下到一个干燥的洞穴中。

这个洞穴尽管干燥，但是温度非常低，除了进来的地方有一些金属地面和墙壁外，再往里走几乎就是保持着原貌，不过这个洞穴还是被照得透亮。

走了几步，我就觉得有些不对劲，感觉脚下的路一会儿是向上倾斜的，一会儿又是向下倾斜的。

走到一个不大的地面上出现的向下延伸的洞口的时候，这种感觉越发强烈，如果不是提醒自己我甚至觉得是不是正站在墙壁上。

陈大秀递给我一根小巧但是亮度很足的手电筒，说："你从这里下去，一直走到头，就可以了。"

我向这个洞中望了望："这个洞通向哪里？我会走到哪里去？"

陈大秀说："只要你一直向前，你还是会回到这里的。"

我说："我需要注意什么吗？是不是会碰到什么？"

陈大秀说："你会碰到一个巨大的镜子一样的东西，你在镜子中能够看到你自己，不过，不要害怕，你直接从这个镜子中穿越，就可以了。你可能会有些奇异的感觉，但是你一定要完成整个穿越。记住，一直向前走，不要回头走，你会回到我这里。"

我点点头，这任务对于我来说，并不困难。C大队有时候的一些任务，艰难到了极点，一群人在闹鬼的房间中待两天两夜，还要不断地把会乱动的腐烂的尸体挖掘出来解剖，同时那尸体边乱动和吼叫着，腐水和恶臭让人觉得简直是在地狱。

我很镇定地走进洞中，没有走多远，就分不清前后左右高低上下了。我只知道我在往前走，却很难判断是在往下走还是往上走，是倒吊在洞顶走路，还是在墙壁上走路。这里完全是一个重心乱七八糟的地方。

而身边的空气也黏稠了起来，似乎空气变成了一种胶状物，包裹在你身上。越往前空气就越黏稠，以至于后来连走路都觉得很吃力了。

我担心这样下去会被空气阻挡住，直到再也无法前行的时候，我看到了前方有光线反射回来。我心中暗想，这应该就是那可以穿越的像镜子一样的东西吧。

我举着手电筒使劲地向前走去，果然，在略略拐了一个弯以后，就看到对面也有一个人举着手电筒照着我，我晃了晃手电筒，他也晃了晃，完全是一模一样的动作。不过在这样古怪漆黑的一个洞中，看到自己的景象，多少还是让人觉得毛骨悚然的。

我叫了声："你说话。"对方也几乎同时叫了声："你说话。"

我又往前走了几步，似乎就到了那个临界面，好像是一层微微波动着的薄膜。我看了看对方，的确就是我本人，只是我觉得特别的古怪，怎么不像镜子，而是真真正正地有一个和我一模一样的人，就站在对面。

只是，无论我怎么动，他的动作都和我一样。这让我一下子想到这都是我曾经经历过的事情，从我掉入水中，被陈景强救上来，乘坐大太岁到 3 局总部，直到走下地下通道来到这里，只是又停留在现在，不能前进了。

我慢慢地把手向薄膜上伸过去，尽管手被黏稠的空气阻挡着，不过还是艰难地碰到了那层薄膜，这下不得了，这个薄膜似乎被我的触碰惊醒了，一下子剧烈地抖动起来，并瞬间扩散开来，一下子把我包围住了。

我暗暗道了声不好，也管不了这么多，手拼命向前一伸。当时的感觉是，我的手和那个人的手彼此渗透了，我甚至能够摸到对方手中的骨头和血液。我大吃一惊，本想把手缩回来，但是无论如何也不可能，只看到从那个临界面中也伸出一只手来，有血有肉的，绝对不是幻觉，好像正在向我抓来。我顿时知道了，我面对的绝对不是镜子！我们是两个一模一样的人正在彼此穿越。

我大吼一声，眼睛一闭，既然不能后退了，那我就穿过去吧，猛地向前冲去。

这种奇异的感觉，你的眼睛在对方的大脑中穿越，眼前光芒乱闪，你甚至感觉到对方血液的黏稠度以及呼吸的温度、肺部的起伏。因为你身上的每一寸，都在和对方同样的部位彼此穿越着。

尽管只有三四秒的时间，但是却终生难忘。

等我完全和这个“我”交换位置以后，那层薄膜瞬间又恢复成只有那个临界面的状态，只是一层波动着的薄膜。

我呆呆站了一会儿，也没有敢回头看。我根本没有这个勇气再看到那个我曾经穿越过的“我”，我拼命向前跑去，越跑越快。不知道为什么，想到刚才的那一幕我就恐惧，我到底干了什么呢？

一直向前，一直向前，我现在只有一直向前，直到看到了洞口的光线。

一冲出洞口，就看到了陈大秀，我身子一软，就坐在了地上。

陈大秀说：“你回来了？还是一直往前？”

我喘着气说：“我和我自己彼此穿越了……那不是镜子，那里面的人是我……我一直往前走，回到了这里。”

陈大秀笑了笑，说：“恭喜你，你成功了。”

我成功了？我真的成功了。陈大秀把我带到几个大房间中，给我换了一身白色的制服之后做了一些测试。陈大秀一直很满意地对我微笑着。

我开始见到了越来越多的人，本来一路过来，并没有看到多少人，现在眼前人突然多了起来，好像人都是从地底下冒出来一般，大部分人穿着蓝色制服，少数人穿着灰色的制服，还有一些穿着白色的制服。

陈大秀在我的左手上放了一块奶油一样的东西，并用他手上红色标志发出的光芒照耀了一下，这块奶油就如同有生命一般，渗入了我的手心。等我再次唤出那个红色标志时，颜色已经如同陈大秀的一样了。

陈大秀说："赵雅君，现在你正式成为神山中国区 3 局的主脑之一。恭喜你。"

我说："但是我什么都不明白，我连怎么工作都不知道……"

陈大秀说："对我们而言，再简单不过了。"

三十四　冰山的一角

我被带到一个摆着一台巨大的机器的房间，倒让我想起了夜审做瑜伽的经历。陈大秀再三叮嘱我不用担心，他们要给予我一些知识。

是的，我真的不用担心，因为当我从这台机器上下来以后，我几乎什么都明白了。我的大脑中有了另外一个完整的人，这个人就是陈大秀，只不过他的记忆是从加入神山以后展开的。几乎这里的每一个人、每一种机器的使用方法，所有的工作方式等 3 局运作的一切，都属于我赵雅君了。

这种记忆非常的清晰，清晰到我觉得我就是陈大秀，或者说我曾经就是陈大秀。

不过，这种记忆只有对事物的描述，没有任何的情感色彩，就只是很干净的记忆而已。神山中国区3局，除了陈大秀以外，一共有和我一样的主脑332人，分散在全中国的各个地区，3局总部有110人。

只有身份特殊的主脑，才有权利得到陈大秀的记忆，而我就是那个身份特殊的人，并和陈大秀一样，保留了自己的名字，否则，按照神山的制度，我只能叫陈三秀，也就是说，我是第三个使用陈大秀记忆的人。

而我的身份特殊，是因为我穿越那个奇点之后，成为目前3局中仅次于陈大秀的“大预言者”。一般的主脑，只能看到某个事物的一定时间后的几秒到十几秒的未来，而且一定时间，都是特别明确的。有的人能看到两个小时后的持续三秒内情景，有的人能看到三个小时后持续五秒内情景。林朝峰就能看到两个小时后某事物持续八秒内的情景。

超过七秒的主脑，都是大预言者。而我是大预言者的王者，我的未来预言能力更加特殊，我能够自行选择多少时间后的未来，但是时间越远，持续时间越短，我能够看到长达五十年后某个事物未来的持续一秒的景象，而一小时内到一个月内的时间，我能达到持续十二秒。随后就逐渐递减，一直到五十年。

我尝试过超越五十年，也做到了，极限可以达到一百年，但是那没有任何意义，因为未来景象只持续0.01秒。模糊得无法看清。

尽管我可以说五十年，或者一百年，但是这非常的不准确，甚至一小时内到一个月内，也不能特别的准确，这是我这种大预言者的缺陷，我并不能准确地说我看到的一定是五个小时后的未来，只能说大概是。所以，我还需要其他主脑的辅助进行时间的定位。不过，这种主脑的作用，就比其他主脑要重要得多。

陈大秀告诉我，我刚刚拥有这种能力，对时间的长短还缺乏控制，日后多做磨炼，就会好一些的。陈大秀的厉害之处是他和我的能力基本一致，时间上尽管超越不了我，但是他能够非常准确地确定他所看到的，精确到分钟。

其实所有主脑观看未来的能力都是至少精确到秒的，两个小时只是一个大概的数字。

这也是神山发布的指令异常准确的原因，他们能够把时间段近似的主脑看到的信息组合在一起，这就能够比较详细地看到某个事物未来发生的情况，而进行各种部署。

不过，看到未来是需要耗费很大的精力的，基本上使用一次，你至少要休息一个小时，才能再次发动。而且，未来存在非常多的盲区，就是无论是谁，都看不到某个事物在盲区中的未来。

未来好像是一出在大幕后上演的戏剧，每个主脑都拥有在这个大幕上的一个小洞，透过这个小洞，能看到未来戏剧的一个事物的情景。甚至有的时候，这张大幕的一点点风吹草动，就能把这个小洞挡住，让你徒劳无功。至于这个大幕为什么会抖动，谁都不知道，我们只是未来的偷窥者，而不是控制者。

我和陈大秀比其他主脑更好的是，我们一直在小洞边，按自己的时间判断看未来戏剧中一个事物的情景，但是，我们看得也是如此的吃力，每次看一会儿就不得不休息一下。

除此以外，还有一点是无法超越的，就是你无法看到你自己的或和自己有直接关联的未来，这也许是无数未来的盲点产生的原因。

神山中国区 3 局是中国地区（除了幻城以外）专门负责情报收集、秘密渗透、重大事件策划的部门，也承担部分各地太岁人的寻找、培养和保护工作，比如陈景强就是3局的地方渗透人员；除3局外，神山中国区还有2局，林凤山就是2局的人员，2局是原体（太岁）的培植部门，主要工作是负责太岁植入人体，并监控成长情况，2局向神山世界总部直接汇报，并从神山世界总部获得原体，2局同时也执行太岁人死亡前后的意识信息处理；5局属于战争部门，拥有众多战斗性太岁单体，直接控制大型生物部队，执行太岁的销毁、暗杀、追踪。5局很多成员并不是太岁人，而是一些经过特殊洗脑并进行了一些生体机能强化的人类。

除此以外，我知道中国区还有1局、4局、6局、7局、8局另外五个部门，但是这几个部门从事什么性质的工作，则完全一无所知了。

3局的性质和工作，决定了这是一个异常庞大的部门，登记在册的正式成员，即拥有我手上红色标志的，有九千多人，分散在全国各地；而我在C大队的状态的半正式成员，更是庞大，约有十万人。

徐德有也是太岁人，他和我一样，身体里有王太岁，所以被神山3局最终解救出来，吸收他成为神山成员，执行和我类似的任务，就是渗透燕北的独立民兵大队，现在还在进行中，目前完成的情况很理想。徐德有加入了神山，亦背叛了幻城当局，根据情报指示，徐德有身边有一个对他而言非常重要的女性，如同我和林虎的关系，这个女性就是孙丽，那个幻城特务钩三。

赵德民，是身体里有王太岁的培植状态中，已经逐渐进入到成熟状态，正在预备吸纳为神山成员。这种身体里有太岁的人，全国范围内有超过五千万人，这是一个非常令人恐怖的数字。但是并不意味着所有的这类人都会成为神山的成员，有的只是在太岁成熟后，由2局和5局负责，将成熟的太岁取出，然后这个成熟的太岁会被

2 局带走，具体用途不明。

太岁原体已经发展到第 192 代，基本保持着两年就会升级一代的状态，但是并不是新升级的太岁就会立即被移植到人类身上，而是要经过漫长的十多年的实验，才会大范围地移植，我在 C 大队时被指令告知的第四代太岁，实际上是 187 代太岁，陈景强是 186 代，是可以被第一通道检测到的，这也是陈景强失踪回到 3 局的原因。

而王太岁，是神山的最重要的太岁类型，无法知道王太岁是否也在换代，只是知道我作为特殊目标，他们专门用了三天的时间完成了对我的检测，最终植入了这枚王太岁。这三天时间，就是我小时候失踪的那三天。

王太岁，是充满了神秘的一种未知物，尽管我拥有了陈大秀的部分记忆，但是我仍然对王太岁所知甚少，只知道它独立存在的形态是一个非常小的可以发出金黄色耀眼光芒的鸡蛋状物体，可以存储、复制太岁人的意识、记忆、情感等个体的一切，包括肉体状态。

奇点的能量之大，这个世界没有任何能量能够穿越它，最多只是让奇点消失。而王太岁一出现，这个奇点就顺从了起来，而让人能够穿越，到达另一个平行的世界。当然，有的王太岁会有一些特殊的原因，无法带着太岁人穿越，而会被奇点吞没，整个人就消失了，去了哪里，谁也不知道。

这个平行的世界没有任何与你来的世界有不同的地方，唯一不同的只是你由于穿越奇点，你的思维可以比这个世界走得更快，所以能够看到未来。

神山的秘密，几乎是无穷无尽，我能接触到的还只是冰山的一角而已，尽管我已经成为神山的一员。

三十五 从神山到深井

准确地说，神山是一个庞大无比又先进无比的机器，上千年的建设和发展，几乎每一个细节都在神山的机器上和谐地运转着。对于我个人来说，我只要负责任地去完成好神山交给我的指令，指令并没有因为我成为3局的重要主脑而消失，而是更加有规律地部署给我。而我则在陈大秀的主要领导下，向下一层一层地发出指令。每次指令的发出，神山都要对未来进行预测，根据结果的推论进行符合神山整体要求的指令安排，非常的严谨，所有指令安排都会进行过滤评估，推演成功之后，才会发出。

能进行如此复杂的部署的神山，我很难想象那些给我们这些主脑发布指令的人是什么样子，神山世界总部也许是一个全世界最大的秘密。

在这样的一个组织里面，人很难不平和，当然一部分太岁人是如同老谢一样没有自我意识的，但是连我们这样的主脑，也没有任何权力的欲望。我们缓慢但是正确地推动着一些事情的发展，没有具体的时间要求，也没有压力，时间在神山的面前似乎是一个可有可无的东西。只是事情的发展总是在我们的控制中，也许世界上的任何阴谋，在神山巨大而无可超越的智慧和能力面前，都是毫无力量的。

通道组织，在全世界和神山对抗着，但是在他们以为自己已经获得的成绩面前，神山却认为只是一出小丑的闹剧。

不过通道组织唯一让神山有些恼火的问题是，其中的第一通道组织越来越多地触碰着神山最不愿意让人了解的一面，就是太岁之间通信的问题。他们到处建立秘密的监狱，寻找一切有可能是太岁的人，最大的一个703监狱被5局摧毁了，但这并不是神山的指令。

同时，第一通道还在指挥着A大队，对神山在中国的布局进行冲击，因为他们认为中国受到了神山的控制。其实神山根本不屑于控制任何一个国家，神山关心的是怎么能够让太岁人更多、更好地成长。

我知道，C大队因为我的失踪几乎发疯了，全体都在寻找我，而林虎更如同疯子一样在外面到处寻找我的尸体，甚至杀掉了好几个阻挡他搜索的地方上的人。

我在神山3局平静地生活着，这一切很适合我，我和其他成员谈论过去、谈论这个世界，好像已经成为一个遥远的故事。我并不想回到我的过去，我觉得神山的生活就是我想要的，平静而又丰富、充满智慧又不至于太过简单。

神山的成员如果被人抓住，会立即选择自杀，这并不是神山的强制要求，只是每个成员都知道，一旦被抓到，那么还不如死来得痛快。

就这样，我在神山 3 局总部度过了一年。

第一通道的动作越来越大，他们似乎掌握到了一些神山内部通信的秘密，这让整个神山中国区的所有部门，开始集中地处理对待第一通道的事情。神山的那个不可触碰的原则，就是和我的能力有关，太岁之间的主动通信问题。一旦发现谁有这个能力，神山就会异常冷血地对这个人进行完全销毁。神山怀疑，中国区的一些主脑有和第一通道建立联系，协助第一通道对太岁之间通信的能力进行研究。神山认为整个组织中存在着一个反叛的组织，并给这个反叛组织命名为深井。因为这个深井的称呼来自于第一通道。

5 局开始联合各个部门，对第一通道进行总攻，最终造成了第一通道所处地层的断裂，引发了垂直型的大地震。第一通道就在这次的总攻中毁灭了，剩下的一部分人逃到了第二通道，当时的第二通道还非常的弱小，他们失去了第一通道研究太岁通信秘密的一切工具和资料，所以神山网开一面，允许了第二通道的继续存在，神山的这种仁慈有时候又会让人觉得不可理解，它可能并不信奉什么斩草需要除根的说法。

在这个时候，我才弄明白，所谓的通道组织叫这个名字，是因为他们也掌握了奇点。每一个奇点旁边，就建立一个通道组织的总部。尽管他们都叫通道组织，所有运行方式都一模一样，但是第一通道、第二通道、第三通道并不共享对方的信息资源，也缺少神山一样的从上到下的调度，相对比较独立地存在着，但是在关键事情上彼此仍然会互相增援。

而第一通道的毁灭，也将灾难带到了3局，3局的有一些主脑和成员被认为和第一通道研究太岁通信的秘密有关，被2局销毁了。而陈大秀也开始频繁地和我更多地接触，让我了解到了神山内部的秘密。

神山所说的反叛组织深井的确是存在的，而在中国区的深井领导者就是陈大秀。深井真正的实力要比通道组织强大得多，整个深井也存在了上百年，只是一直没有被神山发现居然有如此多的神山成员都是深井。

3局一半以上的主脑，都是深井。他们已经掌握到了一种神山无法察觉的太岁内部通信方式，但是非常的微弱，基本起不到太大的作用，不过通过身体的接触，是可以实现不说话就能通信的，但是意义也并不是很大，和深井希望的还差得太多。深井在上百年的时间内，一直在积蓄一种力量叫作关联控制，深井希望在关联控制的力量积累到一定程度之后，进行发动，这样，所有太岁人的通信能力将被集体开启，届时神山的封锁将不能发挥作用，整个神山就会被颠覆，而变成深井。

陈大秀在和我讲清楚了这一切之后，只是说了一句话，就让我成为深井的一员。陈大秀说："现在，我会开启我曾经封闭了你的太岁沟通能力。"这句话意味着，如果我还想这样生活的话，就必须成为深井。

我的能力果然立即就被开启了，脑中闪烁了一下，就猛地涌现出我以前在南海发现同类的感觉，不过，这次我能感觉到我身边有成千上万的同类！我大叫一声，抱住了自己的头，努力地不去想，才略微好了一点点。

陈大秀说："赵雅君，你已经是深井的一员，我告诉你怎么控制这种通信不被神山发现。"

是的，我没有说话，但是我知道，我成为神山的反叛者，这就是我的命运，不可改变。因为，我一出生，就是被设计成为深井，无法逃避。

陈大秀教导我引用王太岁的力量，对这种通信进行了封锁，我才发现，我的命运已经和深井的所有人连在了一起，如果我被发现，所有的中国区的深井都可能会被发现。也就意味着，我影响了所有人的生死。

陈大秀说："赵雅君，这就是你的使命，你最终将取代我，成为深井的领袖之一。你不用觉得惭愧，你并没有背叛任何人，你只是做了你自己应该做的事情，神山本来就是深井，深井也本来就是神山，只是神山被一些无谓的理由迷惑了，太岁人之间应该可以通信，这样才是太岁人。神山可笑地认为，太岁人恢复通信，会造成最终的消亡。你可以想象一下，既然通信是太岁人与生俱来的能力，为什么要限制呢？神山从一开始就是由人类建立的，我们深井认为，神山可能仍然在人类的控制下，他们害怕太岁人取代人类，所以才会这么做。我一直觉得奇怪，神山培养如此多的太岁，但是却将大多数太岁取出，到底是利用太岁还是在帮助太岁？我们是不是一些人类用于控制其他人类的傀儡？不管怎么样，只要所有太岁人都恢复了通信的能力，一切问题都会迎刃而解。不会再有太岁人被销毁，神山将真正变成太岁人的家园。"

我听从了陈大秀的话，并认为他说得很有道理，也许是我对自己太岁人身份的强烈认可，也许是我希望我好不容易得来的生活不要被轻易破坏，总之，我成为深井，并开始了解深井的一切。

深井认为他们绝对不是背叛，而是在为自己而努力，要将太岁人的命运牢牢地控制在自己而不是其他人手里。恢复太岁的自主通信是深井最基本的一个要求，深井认为这是太岁人的基本定义，不能自主通信的太岁人，是不纯粹的。

为此，深井在中国区3局的最底层，建立了秘密的关联控制中心，利用地心强大的能量，上百年来一直在积聚能量，等到能量积聚到一定程度，就会进行发动，届时神山对太岁的通信封锁将会顷刻间被打破。而发动这个关联控制，需要上百个深井的主脑级人员一起同时将通信信号注入，这本身就是一件非常危险的事情，如果在发动的时候，被神山干扰或者出现其他的意外，关联控制的能量极可能反噬，将所有深井的主脑的大脑烧成灰烬。

所以，关联控制一旦发动，就只能成功，不能失败。

而这个发动关联控制的时机，已经不遥远了，只需要再有三十年，关联控制的最终形态就会完成。而关联控制的成功与否，也是不可预测的，是一个巨大的盲点。

我在陈大秀的带领下，来到了关联控制的中心。在这个房间中心，是一团巨大的火焰，用一个大的插满了电缆的玻璃罩子罩住，每根电缆都连在围绕这团火焰旁边一个个的座位上，这些座位有上百个。而在玻璃罩子上，还有一些两人高的空隙，可以窥探到玻璃罩下的世界。这团火焰被一根巨大的金属支柱支撑着，而这个金属支柱直插到地下似乎无穷远的地方，这是用来汲取地心能量的装置。陈大秀反复让我小心，一旦从这里坠落下去，瞬间就会化为灰烬。

深井的任务，就是在自己不泄露身份的前提下，保住这个秘密的关联控制中心。所以，在3局的最下层，全部都是深井的成员。

除此以外，深井的成员主要由3局作为主体，另外一部分成员是2局和5局的，1、4、6、7、8局则没有深井的成员，这几个局所从事的工作，陈大秀也并不清楚，只知道1局是中国区的核心部门，1局专门负责可疑深井人员的处理。这几个局成员并不多，但是都显得很神秘，见过几个4局的人，他们从来都是微笑着但话非常少，惜字如金。不仅是3局的人不知道他们主要做什么，连2局和5局的人也不清楚。

我接受神山的指令，执行部分地区进行适合植入太岁的人体寻找工作。

当时，几乎所有的医院都已经有神山的人员渗透，这些人员的工作就是专门收集新生儿和各种人体的血液，并进行DNA的检验，一旦符合植入太岁的条件，就会上报给各地的联络处，联络处进行再次验证后，则会上报给主管这一地区的主脑，由主脑决定最后的人选。人选一旦被确定，则会建立一个档案，植入太岁一小部分分离体，作为标志，再在合适的年龄后，植入完整的太岁，和前期的分离体结合。

完整的太岁被植入后，和前期分离体结合的过程中，会出现一个蓝色的斑，然后逐渐变成柱状物依附在脊柱上，最后会完全和人体融合。那个时候，除非用特别的手段，太岁在人体内，是不聚合分散状态。直到取出的时候，会用特别的频率刺激太岁形成独立态，从而从身体里引导出来。

不知道是不是巧合，一个一岁多大的孩子，引起了我的注意。

三十六　两个孩子

这个孩子姓赵，名仁一，是一个孤儿。一般情况下，我只会看这些人类的身体状况的报告，这个孩子是一个脑瘫儿，尽管DNA符合，但是由于是脑瘫，基本上是不会用于植入的。但是这个孩子却让我不自觉地查阅了他的其他资料，得到一个让人震惊的信息。

这个叫赵仁一的孩子，是我弟弟赵雅仁的孩子！而我弟弟赵雅仁，在这个孩子生下后得了严重的肺病死了，这个孩子的母亲也在他不到一岁的时候感染了严重的痢疾死去了。所以这个孩子一直生活在孤儿院里，直到最近严重发烧，才到了神山渗透的医院接受治疗。

脑瘫儿，是意识和身体不匹配造成的，有一部分原因可以解释，有一部分原因不可解释，但是神山对脑瘫儿植入太岁的处理方法有两个，一种是将脑瘫儿现有的意识完全销毁，换上另外一个复制过的意识，等待意识和身体完全吻合后，再植入太岁；一种是将意识和身体的配合程度进行调整，在适当的时候植入太岁以便太岁能够成长。不过，这两种方法都很复杂，神山愿意这样处理的脑瘫儿，一般是必须身体 DNA 非常特殊，对太岁的成长有利，或者是主脑商议后判断。

可怜的弟弟，没有想到他是这么悲惨的一个结局，连孩子都是脑瘫儿。不知道这是不是对姐姐和弟弟背叛家庭的惩罚。

我也许无法拯救弟弟，但是我能够拯救弟弟的儿子。

我用自己主脑的身份，批准了对赵仁一的意识替换。赵仁一的自我意识被摧毁，新的意识被植入，而这个新的意识，我没有用别人的，而是在 2 局深井人员的帮助下，将我的意识复制了一份。

也就是说，赵仁一，是另外一个我。只是，我并不知道赵仁一长大以后，是否会知道自己其实就是赵雅君，而我也没有抱任何的奢望。

接受了我这个主脑的意识的赵仁一，在神山的安排下，被一户姓李的没有子女的家庭收养，改名为李胜利。

这个我弟弟的孩子，拥有我弟弟的血脉，却拥有我的意识，也许这个改名叫李胜利的孩子，是一个我赋予的奇迹。

而厄运却在完成了对这个叫李胜利孩子的安排之后，降临在了我的身上。

我被陈大秀告知了我的未来，我即将在五个月之后的某一天，死亡，死亡原因是自杀。未来并没有告诉陈大秀我为什么要自杀，只是显示了我自杀的景象，并且肯定我是死亡了。

我并没有特别为此而恐惧或者沮丧，反而陈大秀非常的紧张。我作为陈大秀的接班人，他对此紧张是有必要的，因为我这样的一个自我觉醒的太岁人，非常的罕见，甚至是三十年后，关联控制发动的一个关键。如果我死亡了，陈大秀找不到一个我的接替者，意味着陈大秀也因为时间的流逝，熬不到三十年后，那么对关联控制的发动几乎会成为一个最大的难题。深井很可能会因此而崩溃。

我死亡的未来是不可更改的，但是陈大秀认为还有办法，深井开始策划一个连神山都不愿意尝试的计划，这个计划是：把我的王太岁取出，让这个王太岁携带我的意识，植入到另外一个可以移植王太岁的人身上。

这个计划危险性非常的大，因为尽管意识是可以移植的，但是连神山也只会用一个未成熟的王太岁来做这件事情，把一个已经成熟的王太岁取出，直接来植入，一旦出现问题，很可能造成形神俱灭的结局。

一个人选进入了深井的视野，这个孩子就是赵德民的孩子赵忆军，赵忆军当时六岁，正是正式植入王太岁的良好时机。深井疯狂地部署着，和时间在赛跑。赵德民当时已经被特务的帽子压得痛不欲生，深井破例性地直接让赵德民成为神山的成员，但是条件是必须舍弃一切，包括自己的孩子赵忆军。而赵德民则将成为一个叫赵二林的人。

赵忆军将成为我赵雅君，赵忆军的意识将被提取出来，但是我绝对不允许销毁或者被带走，而是要求深井将赵忆军的意识保留了起来。

为了防止赵忆军在以后的人生旅途上出现思维上的偏差，深井的所有主脑发动了一次对赵忆军未来的整理，一直艰难地看到了赵忆军三十年后的未来，尽管不能看到全貌，但是一些未来关于赵忆军的片段，也已经给了深井充分的信心。深井认为赵忆军这个肉体将很好地完成自己的使命，最后回到 3 局总部。

所以，在赵忆军未来的生活中，所有的过程都进行精心的计划，以保证赵忆军身体里的那个本来属于我赵雅君的王太岁不至于出现问题。

深井设计了赵忆军未来的人生，包括赵忆军的对手、受伤的位置、接触的人等一切。并将这个计划作为深井未来三十年里的重要任务。

我的死期越来越临近，我的记忆、情感都开始被精心地复制着，直到我身体里的王太岁被取出。

我只残留了一丝判断的能力在我的身体里，就是在那天我死亡的时刻，咬碎口中的毒丸。

我静静地坐在没有一个人的房间中，门推开了，是林凤山。林凤山看着我，淡淡地说了一句："你是深井吗？"

我没有表情，也没有话语，我的舌头翻动了一下我嘴里的那个毒丸，它就融化了。

我没有任何痛苦，只是眼前一黑……

三十七　二十九年后

二十九年后。

我知道，白色的光芒褪去了。

一切的一切，都回来了，是那么的自然，是本来就应该属于我自己的东西，而我似乎已经遗失了很多很多年了。

我身上所有的环都一松，啪地打开了。

我从床上慢慢地坐起来，看着不远处的那个父亲，说："赵二林，辛苦你了，我现在感觉很好。"

赵二林走过来，说："作为赵成的那段记忆怎么处理？"

我指了指自己的头，说："先留着，这段记忆我想先自己研究一下。"

我，叫赵雅君。我终于回来了。

这是一个长达二十九年的梦，这个梦的主人公就是我自己。我在整整二十九年中，一直以为自己就是赵成，直到今天我才清楚地知道，我叫赵成。

我问那个以前叫赵德民、现在叫赵二林的男人："怎么，赵忆军改名叫赵成了吗？"

赵二林说："是的，按照计划，赵忆军在成为你之后，改名叫赵成。"

我笑了笑："怪不得我是赵成的时候不喜欢赵成这个名字，现在我也不喜欢赵雅君这个名字。不过，大家觉得，我到底是赵成还是赵雅君呢？"

赵二林他们几个互相看了看，说："你应该就是赵雅君。"

我从床上起身，下地活动了一下我的身体，并没有什么不合适的地方，只是我知道这个身体不是我的。我跳了跳，说："但是我怎么觉得我是赵成呢？我只是有了赵雅君的记忆而已。"

赵二林轻轻笑了两声："因为赵成就是赵雅君啊。"

我点了点头，现在我感觉自己的状态还是有点乱，我指了指自己的头，问道："陈大秀还活着吗？我这里有他的记忆。"

赵二林回答道："他一直在等着你回来。"

我说："走吧。我要去见他。"

在一个白色的房间里，我看到了快三十年不见的陈大秀，他正垂着头坐在一个宽大的轮椅上，上方悬挂了不少的药品。看得出来，陈大秀已经是游走在生死的边缘，靠药物在维持着生命。

我坐在陈大秀的旁边，轻轻地说："我是赵雅君，我回来了。"

陈大秀身体抖动了一下，睁开了眼睛，咳嗽了一声，眼睛中一团死灰又闪耀出光芒，居然慢慢地说道："我终于等到你回来了。我就要死了。"

我说："复制的你还活着。"

陈大秀说："是的，他们活着，但是，他们是他们，我是我。太岁之间不能通信，复制是没有意义的。我很羡慕你，赵雅君。"

我说："谢谢你三十年来对我的保护，让我没有迷失自己。不过，神山已经准备提前发动最终控制，不知道我们还来不来得及。"

陈大秀说："只能，试一下了。"

我说："神山的最终控制发动，真的所有人类和太岁人都会绝对地被控制吗？"

陈大秀说："是的，因为人类的自我意识本来就是始原体给予的。"

我说："神山真的认为控制所有人的意识，就能改变未来吗？"

陈大秀说："他们，是这样认为的，时间的概念是自我意识给予的，如果能让所有的人改变对时间的感觉，就能改变未来。而且，太岁人也永远不再能恢复自我通信能力。"

我说："神山是想组成一个唯一智慧的生命，这太可怕了。"

陈大秀说："这其实就是生命，生命的最终发展，就是一个独立个体。因为，我们本来就是属于一个个体，属于那个始原体。我们死去，只是将自我意识回归到那个始原体。本来，就不存在个体，我们个体的感觉，只是始原体想了解这个世界。"

我说："始原体就是想控制世界、控制时间，而不是被控制。

这似乎是唯心者和唯物者之间的争论，一个认为意识产生物质，一个认为物质产生意识。”

陈大秀说：“你说得没有错。神山如果就是这个目的，也不用把我们所有人都作为筹码来赌博。也许，我们没有自我意识将没有生死的界限，但是作为一个独立的个体，无疑是快乐的。我不想让神山把我的快乐夺走。”

我说：“我知道了，我会发动关联控制。你放心。”

陈大秀说：“谢谢你。”然后脸上闪出一丝笑容，头一歪，死去了。

我知道，随着陈大秀的死去，他大脑中的那个王太岁也会飞速地消散掉。一丝光线从陈大秀的额头射出，在空中只是闪动了一下，就不见了。这是一个王太岁的拥有者死去时的景象，那一丝光线，可能就是回归到始原体的自我意识。

我慢慢地站起身，最后看了陈大秀一眼，离开了这个房间。尽管我作为赵成存在了二十九年，这二十九年神山和深井的一切我并不知道，但是陈大秀将他这二十九年的记忆留给了我。

神山已经找到了世界平衡打破的那个临界时间，所以神山提前发动了最终控制，不知道这是不是一个巧合，深井的关联控制本来只要再过一年就会完成能量积蓄，现在也被迫提前了。神山在毁灭了第一通道以后，一直不停地影响着世界，甚至已经准备好毁灭掉第二通道和第三通道。

神山将在世界平衡打破的那个临界点上，用最终控制操纵世界上所有有自我意识的生命，而让世界重新平衡后的格局，完全在自己的布局下。五百年前，神山还没有能力发动最终控制，而现在神山将不会放过这个机会。

神山的做法，对深井来说，是完全疯狂的。陈大秀用了一生的精力来发现神山的目的，而得到了这样一个结果，尽管陈大秀也并不能确定是否完全正确，但是，深井再没有时间等待了，无论神山的最终控制的结果怎么样，深井也必须发动关联控制。

从作为赵成的经历里，我知道那个被徐德有杀死的 A3 就是王山林，这个人居然活了这么久，但是却死在自己的欲望之下。那个林虎，现在的 C1，也终于完全屈服在自己自以为正确的理想之下。那个可怜的雨巧，就是徐德有和孙丽的女儿。

而李胜利这个可怜的人，也可以说是这个可怜的“我”，已经被原来赵成的意识替换掉了。而李胜利的意识，就藏在 3 局的关联控制中心旁边。已经作为启动关联控制的“燃料”之一，准备投入关联控制的火焰中。

李胜利体内那个变异的太岁，正在被深井利用，作为躲避不断增强的神山的通信限制的利器，在和深井的同盟者以及内部各单位的主脑们联系着，这些同盟者就是第二通道和 A 大队，他们共同对付的敌人就是神山。为什么这么普通的一个太岁，居然发生了如此大的变异，有些能力甚至超越了王太岁？对于这个问题，陈大秀也没有给我答案。

不过，赵成的经历却让我迷惑，赵成也是如此深爱着雨巧，我一旦触碰到这种感情，让我也觉得难以控制。尽管那个假的李胜利和赵二林告诉我，那是李胜利给赵成的一种幻觉，最终这种幻觉会害死赵成和雨巧，但是在我仔细地品味着赵成的感情时，我开始认为这不是幻觉，而是我本人的一种感情。因为很多深井都不知道，李胜利的意识本来就是我的。

一直以来，赵成认为的李胜利，就是我自己的意识，赵成一开始的感觉没有错，他脑中的那个李胜利就是人格分裂，而我一直自己在和自己对话。只是因为不同的我所知不同，才会造成赵成和李胜利是不同的两个人的假象。

赵雅君、赵成、李胜利，自始至终就是一个人。

要清楚这一切，我只有把李胜利的意识找回来。

在关联控制中心旁边的准备室里面，密密麻麻摆放着上万个太岁容器，每个太岁容器中储存着一个人的意识。这些容器是一个个鸡蛋大小的太岁，插在金属底座上。每个太岁容器都发出淡淡的蓝色光芒。而在这上万个太岁容器中，有一个很特殊。它发出的蓝色光芒中，还有一丝淡淡的金黄色闪动着，这个容器中，装着的就是李胜利的意识，也是我的意识。

我把这个太岁容器取下来，握在手中，顿时一股熟悉的感觉涌来，它好像要向它的主人讲述一个故事。

赵二林、陈一秀（陈大秀的第一个复制体）、陈二秀陪同着我，他们可能并不知道我为什么对这个太岁如此的感兴趣，但是，我是陈大秀的指定接替者，他们并不想向我询问一切的原委。他们认为我的所有举动都是有道理的。

是的，当我拿起李胜利的意识的时候，我首先考虑到的就是完成启动关联控制的事情，我必须把我是谁的问题解决掉，才能恢复所有的能力。尽管我恢复了赵雅君的记忆以后，能力大大地恢复了，但是赵成这个身体似乎并没有完整地保留住我的能力，我如果想能够完全恢复到最开始的大预言者状态，我有必要将这个非常纯粹的我以前的意识恢复到我的身体里去。

不仅是为了启动关联控制，也是为了知道赵成给我的感觉到底是怎么一回事。

我在赵二林他们的帮助下，尝试了数次将李胜利的意识移植到我的体内，但是每次都失败了，好像这个意识和我并不兼容，最后不得不停止了这种尝试。我询问陈一秀是否可以把李胜利的意识还给他，但是陈一秀很肯定地说，李胜利体内的太岁变异的状况很严重，如果恢复李胜利的意识，很可能这个变异的太岁将无法控制。

正当我一筹莫展的时候，神山对第二通道的第二次总攻开始了。如同赵成和徐德有的交谈，第二通道这次再也没有抵挡住神山的总攻，战斗持续了三个小时，就完全陷落了。最后第二通道采用了同归于尽的做法，在第二通道中释放了核弹，燕北只有轻微的震感。不过，一切都是无法挽回了。

深井按照约定，解救了徐德有、雨巧以及四长老，并将他们送到了 3 局的总部。

当我在关联控制中心看到雨巧的时候，我险些失控，这个在赵成记忆中如此深刻的女人，让我看到她的时候也几乎难以控制。

雨巧一直在颤抖着，紧紧地抓着徐德有的衣服，而徐德有则一脸死灰的毫无表情。徐德有身上的黑色制服已经被撕成碎布条，一条一条地挂在身上，显得异常的狼狈。

他见到我，才低声说道：“你现在是赵成，还是赵雅君？”

我回答他：“现在，我是赵雅君。”

徐德有惨笑了笑：“没想到我们又见面了，但是是这样的一个情景。”

我说："你们还有机会。"

徐德有呵呵笑了两声："机会？二十年前，你们逼我造反，成为第二通道的领导人，其实就是在转移神山的注意力，只是我没有想到深井是深井，神山是神山。"

我说："并没有人逼你，我们只是想团结一切能够团结的人。"

徐德有说："你们故意保留了第一通道太岁通信的成果，并不断地诱惑 A 大队深入地了解神山的秘密，最终让 A 大队也成长起来。你们的算计真是高超啊，包括你用无辜的赵成的身份，故意让赵成成为第二通道的一员，也就是想让第二通道发动太岁通信的能力，结果，第二通道给你们争取到了时间。赵雅君啊赵雅君，从我第一眼见到你的时候，我就知道你绝对不简单，连孙丽，这个可怜女孩子的妈妈，到死的时候都认为你是一个最强大的对手。"

我淡淡地说："徐德有，你说得没有错。不过，不是我一个人的能力能够布局好这一切，深井靠的是全体的力量。"

徐德有说："你二十九年前死去了，但是你已经给自己安排好了自己的命运，没有人能够安排你的命运，这一切都是你自己的主意，其他的人只是在辅助你罢了。"

我还是淡淡地说："随便你怎么说，我现在只是一个执行者，这二十九年来，我亲身经历的只有赵成的故事。"

徐德有从身后把雨巧拉出来，愤怒地吼道："赵雅君，你不要给自己找借口。你以为你把自己包装成一个被动者，甚至把自己那些肮脏的记忆抹掉，你就能够成为一个正义者吗？我女儿的悲惨，就是你一手策划的！你以为你追求的是同类的解放？呵呵，你只是为了你自己而已。"

我有些惊讶，说道："什么叫我把自己的记忆抹掉？"

徐德有说："你在装糊涂吗？不信你可以问问你身边的那些人。"

我看了看站在我身边的陈一秀，说："我的记忆不完整吗？"

陈一秀说："是的，很多事情都是你活着的时候策划的，只是你自己要求把这些记忆抹掉。甚至，你给自己虚构了一套记忆。"

我说："我为什么要这么做？"

陈一秀说："你在加入神山之后，绝大多数记忆都是你自己编制的，你只保留了你觉得可以留下来的。因为，你想让自己纯净地进入关联控制后的人生。"

我说："那我到底干了什么？"

陈一秀说："抱歉，我不能说。你规定了这是深井的秘密之一。"

徐德有说："赵雅君，你从来没有停止过仇恨我，因为我夺走了你心爱的女人孙丽。但是你把你记忆中这一块完全地抹杀掉了。深井为了让你复活之后成为一个完美的领导者，几乎把你的所有记忆都编造了一遍。你害怕在关联控制后，其他的人了解到你肮脏的灵魂。我被通知，赵成只是深井选择的一个替代者，没想到就是你本人。我真后悔当时为什么没有杀了你，而对那个赵成还抱着一丝希望。"

我呵呵笑了起来："徐德有，你真是一个会编故事的人。你说的我一句都不相信。你不要激动，我知道第二通道的毁灭对你而言很不好受，但是编故事来影响我的思维，毕竟是不好的。"

我转头对陈一秀说："谢谢你诚实地告诉我，我对我以前到底做过什么，并不感兴趣。我现在的状态很好，就算我失去了一些记忆，既然是我自己要求，我相信绝对是有道理的。”

陈一秀微笑着点了点头，退到了一边。

我吩咐赵二林：“把冯三祥叫过来吧，检查一下徐德有的身体。还有，叫李胜利也叫过来，和雨巧见一面。”

我看着雨巧，心里默默地想：“至少我应该兑现赵成的承诺。”

徐德有仍然不屑地看着我，我也不想再搭理他，这个人二十多年里，好像的确了解到不少东西。我只是觉得徐德有的逻辑很奇怪，深井一直就存在，我只是最后的关联控制发动者，他似乎认为我就是深井的设计者似的，我又不是生存了几百年的老妖怪。

冯三祥是神山 2 局的人，当然他也是一个深井。

当冯三祥出现的时候，雨巧就尖叫了起来：“不要靠近我，不要靠近我。”并拼命躲在了徐德有的身后，盯着冯三祥害怕地说：“A 医生，A 医生。”

冯三祥笑眯眯地首先向我示意了一下，然后冲着雨巧说：“你好，我们又见面了。”

徐德有一下子暴怒了起来：“是你害了我女儿！”

冯三祥还是笑眯眯地说：“请听我解释，我只是执行深井的指令而已。你的女儿是你要求植入王太岁的，但是不好意思地告诉你，她只是一个新型王太岁的实验品，她是第一个身体里既有王太岁又有普通太岁的实验者，可惜的是，实验失败了，我们只好给她做了解剖，挽救了她一条性命。不过她的一部分记忆也被清除了，我们释放了她，想用她来吸引李胜利身上变异的太岁，没想到成功了。这也让深井光明正大地获得了李胜利这个变异太岁的研究权利，而躲过了神山的追查。仅此而已。”

徐德有吼道：“谁叫你这么做的？”

冯三祥笑眯眯地看了我一眼，然后转过头去，还是笑眯眯地对徐德有说：“我只是按照指示做事。”

徐德有冲上一步，就要抓住这个A医生，A医生略略一躲，就闪开了，笑眯眯地说：“徐总，你对我们很重要，不要做些不理智的事情。没有黑制服的你，只是一个快六十岁的老头。如果你再这么激烈运动，你身上的伤口会爆裂的。”

徐德有站在原地怒目而视，最终又把目光落在我的身上，恨恨地说：“赵雅君，你解气了吧，你就是想把我弄来，戏弄一番！我的重要性就是让你一解我从你身边夺走孙丽的恨！”

我笑了笑：“徐德有，我不知道你为什么总要把矛头指向我，我对雨巧的过去一无所知，而且，我对孙丽的事情早就忘了，没有什么兴趣。”

我话音刚落，就听到雨巧高呼一声：“黎明哥！”然后迅速向一个人跑去。这个人就是已经被换成以前赵忆军意识的李胜利。

雨巧三步并作两步地跑到“李胜利”面前，一把就把“李胜利”抱住了，满脸泪水地喊着：“黎明哥，我找你找得好辛苦，黎明哥，不要再离开我。”

不过这个“李胜利”淡淡地笑了笑：“对不起，我已经不是你认识的黎明哥了。”

雨巧一怔，松开了双臂，退后了两步，这个“李胜利”没有任何反应地站立在那里，只是满脸的笑意。

雨巧呆呆地站立着，歪着头看着这个李胜利，突然双眼涌出了大滴大滴的眼泪，紧紧地抿着自己的双唇，不让自己发出任何声音。

雨巧的双拳紧握着，全身战栗着，如同一片寒风中发抖的叶子，如此的无助失落。

“李胜利”似乎有点于心不忍地说：“雨巧，李胜利已经不在了。我叫赵忆军。”

雨巧还是紧紧抿着自己的嘴唇，她的眼神终于从“李胜利”的身上移出来，轻轻地说：“我知道了。”

然后雨巧转过身来，对我点了点头，说：“成哥，谢谢你。”话音刚落，就身子一软，摔倒在地。

徐德有大叫一声，冲上去扶起雨巧，把雨巧抱在自己的怀抱中，老泪纵横地说道：“妮妮，都怪爸爸不好，都怪爸爸不好。妮妮，你醒醒啊。”

雨巧轻轻地扭动了一下，微微睁开了眼睛，说道：“爸爸，你的女儿死了，你也要活下去。”

徐德有说：“爸爸没有了你，也不会活下去了。”

那个A医生又靠了过来，笑眯眯地说：“父女俩都好好地活着，别总是死啊死的。”

徐德有突然爆吼一声一下子从地上弹了起来，他的右手猛地发出了耀眼的黄色光芒，只听咔嚓一声，居然插进了A医生的胸膛。A医生脸色一变，只把嘴巴一张，就头一歪，一动不动了。

徐德有哈哈笑道：“妮妮，爸爸给你报仇了。”话音刚落，手臂的黄色光芒就向身上延伸着，并一下子覆盖了全身，眨眼之间，人就消失在黄色的光芒中，只听当啷一声，从黄光中掉下一根小小的金属棒，那黄光收回到这根小小的金属棒上，迅速地消失了。

A医生身子一软，居然一滴血也没有流出来，也摔倒在地上。

陈一秀走过去，把那根金属棒捡起来，对我说：“真会藏，居然藏在徐德有胳膊里。”

我淡淡笑了下，对陈一秀说：“叫冯一祥、冯二祥来把冯三祥带走吧。”

然后，我看着正坐在地上呆若木鸡的雨巧，又看了看“李胜利”，心中还是隐隐地升起了一丝不快。我极力地克制住自己的情绪，对赵二林说：“把这个女孩子保护好。我要单独见她。”

我并不后悔我这样安排了徐德有和我以及雨巧与“李胜利”的见面，我只是觉得有必要告诉他们真相。

三十八　最后的迷失

我把装着李胜利意识的容器带在腋下，独自一个人推开了雨巧的房间。雨巧已经被注射了安定剂，静静地躺在床上。我轻轻地坐在雨巧的身边，伸出手把她额头凌乱的头发拨弄整齐，雨巧的脸一片惨白，眼角还有淡淡的泪痕。

我低下头，用嘴唇轻轻地吻了雨巧的脸颊，这让雨巧惊醒了过来，她身子微微地动了一下，慢慢地睁开了眼睛，我连忙把身子坐直，远远地看着雨巧。

雨巧露出了一丝微笑，说道："黎明哥，你在呢。"

我点点头，伸出手抚弄着雨巧的脸。雨巧软绵绵地把脸贴在我手上，轻轻地说："黎明哥，你真好。你怎么还不睡？"

我轻轻地说："你睡着了我再睡。"

雨巧说："你是害怕我醒了看不到你吗？"

我说："是啊。你醒来的时候我会在你身边。"

雨巧甜甜地笑了一下，低低地说："可是你说的哦。"

我笑了下，说："放心睡吧，我会看着你。"

雨巧点了点头，靠着我的手似乎又睡了过去。

我没有把手抽回来，因为雨巧的想法正通过我的手流入我的大脑："黎明哥，我们永远也不要分开。我们一起生十个孩子，躲到没有人能找到我们的地方去生活。"

我把手从雨巧的脸边收回来，移到雨巧的脖子上。雨巧纤细的脖子在我的手中握着，居然让我产生掐死她的冲动。这个念头是如此的可怕，因为雨巧不属于我，而是属于那个该死的李胜利。而李胜利的意识，居然无法和我融合。

我的手在渐渐地用力，直到雨巧的眉头皱了起来，眨了眨眼睛，一下子睁开了。我连忙把手收了回来。

雨巧可能清醒了，她轻轻地尖叫一声，一下子坐了起来，牢牢地抓住被子，盖住了自己下巴，颤声说："成哥，你要干什么？"

我笑了笑："你真的觉得我是成哥吗？"

雨巧没有说话，只是睁着她的大眼睛警惕地看着我，我伸出手想抚摸雨巧，但是雨巧的眼神让我把手悬在半空中又收了回来。

我说："雨巧，你休息吧，不好意思，刚才打扰你了。"

我刚站起身想走，突然感觉到腋下的李胜利意识的容器发散出一股热量，一下子将我的上半身包围了。雨巧"咦"了一声，说："黎明哥，你在吗？"

我停下脚步，看着雨巧，说："他在。"

雨巧看着我，说："在哪里？"

我摸了摸自己的胸前，说："这里……"

雨巧的眼睛闪动了一下，透出一股奇异的光芒，她眼睛一眨不眨地看着我，说："黎明哥。"

我笑了笑说："我就是。不过，我还没有真正地恢复。你愿意等我吗？"

雨巧点了点头，说："我知道，现在还不是你，你现在还是成哥，但是，你让我看到了我的黎明哥。"

我又坐在床边，把手伸出来去抚摸雨巧的脸颊，这次雨巧只是略微地闪躲了一下，还是让我的手指停在了她的脸上。我轻轻地抚摸着雨巧的脸，如同抚摸一块柔软的丝绸，雨巧的意识又涌入了我的大脑："不要离开我，我爱你。黎明哥，不管你现在在哪里，请你不要离开我。"

我说："我不会离开你，只要你对我有信心，我一定会回来的。"

雨巧点了点头，脸上居然飞出了两朵红晕。

这让我心花怒放，雨巧终于爱上了我，尽管我现在还只是李胜利的一个替身，但是在雨巧的眼里，我已经代表了李胜利，所以，她爱我，她真真正正地爱我。

我问雨巧："你能活动吗？"

雨巧点点头。

我说："那我们去一个地方，我想尝试一下是否能完全恢复。"

雨巧还是很果断地点点头。

我带着雨巧来到的地方，是那个我曾经穿越过的奇点，因为我认为李胜利之所以不能和我融合，是因为我现在在平行的另一个世界中，我再次穿越奇点，回到李胜利原本的那个世界，应该就可以完成融合。我就可以真正地成为李胜利，李胜利本来就是我，所以，雨巧爱的那个李胜利本来也应该是我。

我让雨巧在洞口等待着我，我叮嘱她，千万不要离开，我很快就回来。我一进到洞中，就把李胜利的意识容器别在洞壁的凹处，这个容器我不能带过去。我必须用那个世界里的李胜利的意识容器。

这次的穿越，异常的顺利，有了上次的经验，我用最快的速度完成了穿越，然后兴奋地向洞口跑去，雨巧将会如何？而我的预测未来的能力也瞬间打开了，我看到了雨巧，雨巧正满脸欣喜地看着我。

我在洞口把李胜利的意识容器重新放到腋下，并快步冲出洞口，果然看到雨巧正满脸欣喜地看着我。我跑过去，说道："我回来了。"雨巧看着我，上下打量着，欣喜的表情开始慢慢地改变了，一下子变得陌生起来。她退后一步，说道："不，不，你不是黎明哥。"我心中一慌，怎么，出什么问题了吗？

我抢上一步，把雨巧的手拉住，雨巧使劲地摆了一下，但是没有挣脱，不过，她却把脸转向了一边。我又听到了雨巧的想法："成哥，你不要这样，请你住手。"我把雨巧的手松开，问道："刚才我没有进去之前，你还爱着我，为什么现在……"

雨巧退后两步，说："我不知道，从你进入这个洞里，我就明白了，你根本不可能变成黎明哥。他回不来了。"

我声音大了起来："这不可能！"我拼命地去感受我腋下的那个李胜利的意识容器，但是什么都感受不到，原本的温暖感觉完全消失了，似乎变成了一块冰冷的石头。

不，不能这样，我心中大吼大叫着，头也不回地又返回到洞中，我要再次穿越回去。我绝对不能容忍事情变成这个样子。

我再次穿越了奇点，但是，结果是完全一样的。雨巧她一丝一毫地不再爱我。

我觉得我有些疯狂了，我开始一次又一次地穿越奇点，甚至带着李胜利的意识容器过去，但是，结果还是一样，那个曾经爱我的雨巧消失了，消失了，就好像徐德有说的那样，那个曾经爱他的女儿消失了。

不对，不对，平行的世界不是一个，陈大秀也骗了我，我一直以为平行的世界就是一一对称的。现在的结果清楚地告诉我，每一次穿越，我都到达了另外一个平行的世界，我永远都不可能回到原来的那个雨巧爱我的世界中。平行的世界是无数个，只是这无数个世界，都是一模一样而已。

我觉得我好像疯狂了，我从洞中出来的神态自已都觉得越来越可怕，雨巧见到我开始恐惧得哭了起来。

我停止了穿越奇点，把雨巧带回了房间，连门也没有关上，就冲了出来。

我要立即发动关联控制，我要和雨巧关联起来，我要成为雨巧本人，我要让雨巧知道，我就是李胜利，我就是李胜利！我就是他！我就是他！

我刚刚冲入关联控制中心，准备发布命令，警报声已经响了起来，陈一秀见我冲了进来，连忙说道："主脑！神山的最终控制已经发动了！很突然！"

我"呀"了一声，怎么什么事情都是这么巧合的，我刚想发动关联控制，神山的最终控制居然先发动了。

我喊道：“准备启动关联控制！”

整个关联控制中心立即轰鸣了起来，积蓄了数百年能量的火焰猛地发出剧烈的光芒，并激烈地跳动了起来。

深井的主脑们开始冲进关联控制中心，并各就各位，坐在了自己的座位上，每个座位的头顶上都降下了巨大的机械，装备室的那些用于触发的太岁容器也像子弹一样，被管道输送到每个主脑头顶上的位置。

那个“李胜利”也来了，由于他并不是王太岁，所以单独坐在了外围的一个巨大的座位上，他这种变异的太岁，深井已经掌握了其巨大的价值，是关联控制还没有完全积蓄好能量的一种弥补！

我、赵二林、陈一秀、陈二秀等最重要的深井主脑也坐在外围巨大的椅子上，我们的面前是无数个大小不一的屏幕，各项数据正在滚滚而来。

神山的最终控制已经启动，从屏幕上显示的数据来看，从非洲的中部开始，最终控制的能量开始快速地蔓延着，越来越多的人类和太岁人已经在最终控制的掌握下，这股能量正在开始穿越地中海、印度洋、大西洋。

我一声令下，关联控制也发动了，所有的机器开始轰鸣，一个又一个的太岁容器在主脑的催动下，化成一道道的光线投入了那团火焰中，那团火焰激烈地跳动着，终于爆发了，一片红色的光芒从火焰中喷涌而出，穿越了一切的物质，将我们所有人一下子包围住了。

我变成了所有人，所有人都变成了我，红色的光线在大脑中跳跃着，凡是被红光笼罩住的太岁人，自我通信能力都完全打开了。

从数据的显示上来看，关联控制的能量从中国爆发出来，快速地扩散着，只要是身体上有太岁的人，都感觉到了这股能量。我在不断地向所有太岁宣布着指令。

当关联控制的红色能量即将笼罩整个中国的时候，黄色的最终控制的能量也迅速地覆盖了过来。神山的能量比深井的能量强大得多，顿时把红色的能量覆盖住了，但是并没有一下子让关联控制的能量消亡。

就这样，两种不同性质的能量都快速地覆盖了整个地球，连我们也感觉到了最终控制的能量。所有的太岁人一会儿被关联控制的能量影响，一会儿被最终控制的能量影响，本来已经拿起武器的太岁人们，一会儿放下手中的武器，一会儿又捡起来，而人类已经完全地处于最终控制之下。

僵持了不到五分钟，关联控制开始败落，最终控制强大无比又源源不断的能量占据了上风，黄色的最终控制能量开始将红色的关联控制能量溶解击散，全世界越来越多的地方红色的能量已经不存在了。

所有的触发太岁容器已经放射完了，关联控制积蓄的能量也在逐渐地耗尽，火焰开始渐渐地衰弱了下去。我大吼一声：“还有一个！”就把腋下的那个李胜利的意识容器甩了出来，深井的辅助人员迅速地接过，居然把这个意识容器塞给了“李胜利”。

我还没有喊出“不要”两个字，只见“李胜利”的座位一下子就被一团蓝色的光芒笼罩住了，这团光芒并没有像其他太岁容器的光芒那样投入火焰，而是笼罩在“李胜利”的身上，反而有一小簇寻常的光芒从这团蓝色光芒中甩出，投入了火焰之中。

一个女子的声音“呼喊”了起来：“黎明哥，我终于找到你了。”渗入了我们所有人的大脑中，那是雨巧的意识，随后另一个意识升了起来：“雨巧，雨巧，我终于回来了！”这就是不折不扣的李胜利的意识。

一个娇小的人影出现在关联控制的大厅，并迅速向李胜利跑去，我大吼着不要，但是已经无法阻止了，这个女人紧紧地抱住了自己的男人，而这个男人也紧紧地抱住了这个女人。

雨巧的意识传达给了我们所有人。

雨巧说：“我们永不分离。”

李胜利说：“永不分离。”

这一男一女的额头中心都升起一个太岁，雨巧的是金黄色的，而李胜利的是深蓝色的，这两个太岁慢慢地靠拢，然后融合了，变成了一个纯白色的太岁，然后化作一个白色光点，投入到了火焰中。

火焰古怪地跳动了一下，突然重新爆发出了白色的光芒，迅速地扩散开来，这是一片宁静的白色，所有的红色和黄色光芒一触碰到就立即消散于无形。

新的数据开始返回，最终控制的能量被抑制并消散了，没有新的能量产生，而关联控制尽管也被完全抑制住了，但是还在发出能量。

陈一秀的意识传来：“万幸！万幸！关联控制赢了！我们赢了！赵雅君主脑，请再次发动！”

我木讷地一动不动，直到陈一秀再次地催促我，而我却告诉陈一秀以及所有的人：“为什么，雨巧爱的是那个叫李胜利的我！”然后，我把自己的能量头盔取下来，启动了关联控制的毁灭程序，这本来是留给神山发现这个装置时用的。没想到，现在却派上了用途。

那团火焰闪烁了一下，渐渐越来越小，最后熄灭了。火焰的中心，一个白色的光点还在旋转着，渐渐变成一丝细细的光芒，飞速地向上升去，眨眼就不见了。

关联控制熄灭了，五百年的火焰熄灭了，一切都归为零。

我被陈一秀他们抓了起来，等待我的惩罚是，被销毁，而我并不后悔我这么去做，因为我直到最后，才明白了，我并不想为太岁人恢复通信能力，我只是为了我自己。

深井正式向神山宣布了背叛，如同五百年前通道组织的背叛一样。

也许世界并没有按照神山那样去重新平衡，也没有像深井一样实现所有太岁人的通信，A 大队也许还在做着自己称霸世界的梦，通道组织则从这个世界上消失了。

我躺在冰冷的金属床上，全身都被捆绑得紧紧的，我的记忆正在一点一点地被提取出来。

这应该是我最后思考这些问题的机会了，也许世界平衡的打破就是在李胜利获得了我的意识那一刻，也许就是李胜利体内的太岁变异的那一刻，世界的平衡的确被打破了，不过世界并没有被任何人控制，世界还是这个世界，只是又多了一个和神山对抗的、抱着崇高目标的组织，深井。

而 A 大队又会拉着深井，考虑着他们认为世界重新平衡后的格局。

格局，的确颠覆过，但是又产生了，只是斗争将会更加残酷罢了。在新的格局下，更多的人将无法逃避被设计好的命运，甚至更难挣扎和反抗。

我曾经挣扎和反抗过，但是最后还是没有逃出这一切，如果是这样，我又何必挣扎？突破了一个牢笼，才发现外面还有一个牢笼。这也许就是生命的悲哀、个体的悲哀，你在这个无比庞大的格局中，永远只是被利用的角色。

我想到了神山，可能这个世界上，只有他们，是超脱出了个体的生命而存在着。

赵二林打断了我的想法，他看着我，说：“你想说什么？”

我平静地笑了笑：“生命本来就不应该复活。”

赵二林低下头，在我耳边轻轻地说：“赵雅君，我告诉你一些秘密，反正你马上就被销毁了。你愿意听吗？你听了以后，可能会不甘心。”

我说：“请说吧。”

赵二林低声地说：“第一，是你强奸了你的妹妹；第二，你根本不叫赵雅君，赵雅君一直活着；第三，不要相信你的记忆，有的人从来就不曾存在过。”

我看着他，慢慢地说：“你说什么？你怎么知道？”

赵二林低声地说：“因为，你死去的二十九年中，发生了太多的故事。”

我盯着赵二林的眼睛，问道：“那你是谁？”

赵二林笑了笑，眼中闪出一丝光芒，说：“你说呢？”

那我是谁？我最后无力地喊了一声。

随后，一片黑暗，永无光亮……